三民叢刊185

天譴

張放著

三民書局印行

自序

張放

民國三十八年，大江南北戰火紛飛，哀鴻遍野。八千多名天真未鑿的山東流亡學生，餐風飲露，戴月披星，正沿著粵漢線向南逃奔。如向日葵追逐太陽光源，跟著政府南奔廣州。他們齊聚在青天白日旗幟下，扯起喉嚨，山呼萬歲，唱起振奮人心的愛國歌曲：

中華江山誰是主人翁，
我們四萬萬同胞。

廣州的五月已經炎熱，這八千多名小青年的心更熱。當時山東省主席兼國防部次長秦德純和教育部長程天放向東南行政長官陳誠申請，獲得批准，把這八千多名山東青少年送往澎湖，年滿十六歲男生照軍隊編組，上午實施軍事教育，下午繼續讀書。當時大家聽了非常高與，不少同學熱淚泉湧，感激政府真正愛護青年，把青年看作國家的「主人翁」。誰想到這卻是一個史無前例的政治騙局呢？

那年六月二十八日濟和輪駛抵澎湖漁翁島牛心灣，山東流亡學生陸續登陸。陸軍三十九師的幹部猶如甕中捉鱉，手段實在狡猾而高明，在刺刀與機關槍威脅下，把山東青年編成一一五團、一一六團以及砲兵營，並不准許上課。當時山東各聯中校長明哲保身，不敢仗義執言，只有煙臺聯合中學校長張敏之不服，提出交涉。於是，澎湖防衛司令官李振清、三十九師師長韓鳳儀，找了一批特務爪牙，羅織罪名，製造冤案，將張敏之師生一百多人拘捕入獄。

那年十二月十二日臺北《中央日報》發布消息稱：

（本報訊）省保安司令部於昨（十一）日上午十時，飭由憲兵四團，將匪犯張敏之、鄒鑑、劉永祥、張世能、譚茂基、明同樂、王光耀等七名，驗明正身，綁赴馬場町刑場，執行槍決。茲誌其案情如左：

張敏之，男性，年四十三歲，山東牟平縣人，匪膠東區執行委員。鄒鑑，即鄒伯陽，又名鄒慎之，男性，年四十三歲，山東牟平縣人，匪煙臺市黨部委員兼匪煙臺新民主主義青年團主任。劉永祥，又名劉壽山，男性，年廿三歲，山東益都縣人，匪煙臺新民主主義青年團第八分團分團長。張世能，男性，年十九歲，山東煙臺市人，匪煙臺新民主主義青年團第一分團分團長。譚茂基，男性，年二十歲，山東濰縣人，匪煙臺新民主主義青年團第一分團第一區隊長。明同樂，男性，年十九歲，山東昌邑縣人，匪煙臺新民主主義青年團第一分團第二區隊長。王光耀，又名王治中，男性，年十九歲，山東萊陽縣人，匪煙臺新民主主義青年團第二分團第一區隊第二組組員。

張敏之、鄒鑑、劉永祥、張世能、譚茂基、明同樂、王光耀共同意圖以非法方式，顛覆政府，而開始實際行動，各處死刑及各褫奪公權終身。

這是公開處決的七位煙臺聯中師生，其他病死牢房的王子彝等人，祕密用蔴袋裝石頭填海處死者，以及自殺、精神分裂者皆無法統計。這是半世紀前發生的悲劇。每逢思及此事，便聯想起法國左拉的話：「仗義執言是我義不容辭的事，……如果我不伸張正義，那無辜的陰魂每天夜裡都會來纏我。」

民國三十八年，政府退守在臺灣、澎湖、金門、馬祖和浙閩沿海十幾座島嶼，若不清除共諜，確實面臨覆亡的危機。但是為了讓廣大青少年就範，故意羅織罪狀製造假案冤案錯案宰割自己的同胞手足，那便犯了不可饒恕的錯誤。當年我在澎湖三十九師一一五團作戰組工作時，曾看過一件祕密公文，限連隊每月呈報匪諜二名。當時我曾嚇得心臟噗噗直跳，到了今天想起此荒唐可笑之事，簡直不敢相信它是事實。

少年時看《水滸傳》，林沖受了高俅陷害，被「脊杖二十，刺配遠惡軍州」，武松殺嫂之後，也被「脊杖四十，刺配二千里外」。我看了氣憤至極。因為這種刑法實在慘無人道。據說「刺面」是五代的後晉創始的，宋、元、明都沿用了這種刑法。

近讀林放《未晚談・刺面》，有一段文字是：

信不信由你，這種酷刑在十年內亂中就出現過。前天在報上就看到一節新聞說，廣西有個中學教師和兩個農民，被「某些人非法施行文面烙刑，額頭被刺上反革命分子五個大字，然後塗上藍色化學墨水，字跡深深地烙在皮肉中」。可喜的是，由於上海第九人民醫院整形外科的手術，這三個人已恢復了容貌。

由此看來，海峽兩岸的政治領導人，並沒有把同胞看作手足、兄弟或袍澤，因為他們執行的法律，既不民主也毫無感情。這種獨裁統治的結果，卻使廣大人民覺醒過來，原來他們並不是中華江山的「主人翁」，而是真正的奴隸和群盲（群氓）。走筆至此，我要掩面抱頭大哭！

早在十九世紀三十年代，在黑暗的寒冷的俄國產生了一位「多餘人」，他就是普希金的詩體小說《葉甫蓋尼・奧涅金》的主人公。奧涅金因為知識豐富使他不滿現實，教養好而使他難以跟庸俗之輩相處，再加上當時白色恐怖使他陷於信念危機，他和一些青年都在苦悶、徘徊、失望、動搖中生活。這種所謂「多餘人」成為俄國文學的重要現象，屠格涅甫筆下的巴札洛夫與羅亭、赫爾岑筆下的別爾托夫、岡察洛夫筆下的奧勃洛莫夫等。這種「多餘人」文學形象傳到中國，郁達夫筆下的于質夫、魯迅筆下的呂緯甫、巴金筆下的周如水、葉紹陶筆下的倪煥之等皆是。總的來說，「多餘人」的文學幽魂在東方和西方漫游了一百五十年，給予億萬人民留下難以忘懷的創痛與傷痕。它是值得文學作家——特別是小說家認真思考和探索的課題。

人類發展進程中常有正本清源、還歷史真面目的思想運動，這就是「歷史反思」。四十九年前，我所親身經歷的澎湖流亡學校師生冤案，殺人者是所謂忠黨愛國的革命幹部，被殺者是純潔正直的熱血青年；殺人者是為了反共而製造冤案錯案假案，但被殺者卻沒有一位是共產黨或其同路人。這筆糊塗賬怎麼清算呢？即使再度過十個半世紀也難以辨白清楚啊！

兩千年前，在這塊萬古如長夜的封建統治的土地上，便有孟子提出「民貴君輕」的論點，勸告統治者重視黎民百姓，認定殘暴之君是「獨夫」，認為只有「不嗜殺人者」才能統一天下。

我們有幸生於動亂的時代，因為親身看到許多父老兄弟同胞的悲歡離合，才真正瞭解中華民族的韌性。他們宛如一粒粒褐色的松籽，雖然外表看起來平凡無奇，但它卻是異常堅實的果粒。它不管漂流到任何地方，只要尋到一角陽光或土壤，它便會紮下根去，在那兒茁壯成長，最後繁茂起來。

我永遠忘不了在那陰暗潮濕的碉堡中，噙著悲痛的眼淚，幾個被關押在一起的政治犯坐在一起，凝聽一位十九歲的年長同學唱山東民謠：

一不埋怨天，
二不埋怨地，
只怨咱家命不濟，
生長在這亂世裡……

四十九年過去，彈指一揮間。而今，歌聲仍在我耳邊盪漾……

八十七年三月二十六日・新店

1

1・譴　天

夕陽墜海，晚暮輕緩地朝鴨嘴崖湧捲而來。一群海鳥悠閒地圍繞鴨嘴崖飛翔，發出嘎嘎咕咕地叫聲。這座海拔八十米的斷崖，伸出一塊光滑平坦的岩石，如同鴨子的扁嘴形狀。在日暖風和海面平靜的天氣，偶爾出現三兩名青年在此釣魚。不過，這是罕見的畫面。鴨嘴崖下面是怪石嶙峋浩瀚深邃的大海，若萬一跌落下去，則有粉身碎骨的危險。

如今，澎湖群島進入風季，鴨嘴崖終日不見人影。那強勁的海風如歌如吟如泣如訴，別說攀登這座伸向大海的鴨嘴崖，即使走在田埂小路上，飛沙走石也吹襲得行人晃晃悠悠，寸步難行。

暮靄愈聚愈濃，天色逐漸昏暗，遠空露出數粒閃爍的星辰。驀地，那群海鳥唬地一聲振翅飛向浩瀚的晚空。原來，有一名穿軍裝的小青年，幽靈似地從崖後走了上來。幸而吹的西北風，若吹東南風，他準被風吹倒跌落下海，作了異鄉冤魂。

鴨嘴崖背後兩華里是一個漁村。村裡的老一輩人記得，在日據時期，曾有一名軍曹在鴨嘴崖跳海自殺。但是，從去年六月底一艘貨輪載運八千名山東流亡學生登陸後，卻有不少學生攀登鴨嘴崖蹈海輕生，這到底是什麼緣故？他們始終茫漠不解。

這個坐在鴨嘴崖的小兵，原是煙臺聯中高二學生。去年六月底隨同到了澎湖，被編進三十九師一一五團三營七連一等兵。他親眼目睹張敏之校長鄒鑑分校長和劉永祥等七位同學，以共諜罪名押赴臺北執行槍決；他也親眼看到不少同學在深夜被特務拉走，把他們雙眼用黑布矇住，裝進放置石塊的蔴袋包，縫合，然後趁黑夜扔進浩瀚滾蕩的大海中。

那一隻看不見的黑手，將要抓緊他的瘦長的頸子，他的祖墳冒出一道青煙：團部來了人事令，派他去作戰組任上士文書。這件事引起七連的騷動，這個身高一米六五、跳木馬只會開腿跳、其貌不揚神經兮兮的于祥生，何德何能，為何一下子連升三級去了團部？最僥倖的是他的死期只剩七日，師部組成的寧安特務小組已將于祥生列為清除對象，蔴袋石塊黑布手銬繩索以及執行人員作業，早已佈署完畢。萬事俱備只欠東風。誰料想當東風吹起前夕，于祥生成了漏網之魚，難道這小子祖宗積德，命不該死？

海風愈吹愈加強勁，中秋將至，那萬里無雲湛藍色的晚空，密密麻麻的星群朝著于祥生擠眼睛。

你來鴨嘴崖作什麼？難道也想跳崖自殺？

是的。我想自殺。于祥生憶起幼時看過一齣京劇，那個衣衫襤褸命運不濟的古代人物，用充滿哀怨的聲音，唱出「人活百歲也是死」的戲詞。他到作戰組後，每月用複寫紙填報三份「陸軍三十九師第一一五團士兵自殺逃亡表」，心驚膽戰，熱淚盈眶，他心知肚明，在四面環海的孤島上，即使插翅也逃不出去，所謂逃亡，也就是自殺，自殺的方式除了用中正式步槍頂住腦袋，再去扣動扳機外，極大多數皆是攀登鴨嘴崖蹈海自殺。他瞭解這些十七八歲的青少年同學，熬不住特務夜以繼日疲勞審訊、逼供和皮肉拷打，受不了白色恐怖的虐待，最後才走上了這一條解脫之路。

夜暮蒼茫，坐在鴨嘴崖上的于祥生，思前想後，以雙手捂著瘦削的面孔，低聲啜泣起來。有關他調到團作戰組的祕史，任何人都不知道。

當初為了清除煙臺聯中的共嫌分子，寧安小組通知每人撰寫自傳。團作戰組長李輝因急於找一名文書抄寫公文，便到寧安小組翻閱共嫌分子的自傳。他終於發現在一摞自傳中，有一個名叫于祥生的戰士，文筆流暢，而且帶有濃重的愛國主義感情。最讓他喜悅的，于祥生是山東棲霞縣于家莊人，是他小同鄉。李輝的母親也是于家莊人，那是一座三面環山的窮村子。他暗自感嘆：這是多麼傷天害理的事啊！一個剛滿十七歲的小孩子，給人家按上匪諜罪名，馬上準備處決，造孽啊！李輝是軍校十六期畢業，由於學術科不錯，深得團長信任激賞，他回來立刻寫了一個簽呈請調派于祥生為上士文書，不到三天，那個瘦若乾雞的棲霞小青年，扛著小行李捲兒走進作戰組。

「報告，三營七連一等兵于祥生報到！」

辦公室內的參謀、繪圖員、司書、傳令兵鬨堂大笑。

這個小青年來作戰組，受到全組人員的歡迎和疼愛。他寫字乾淨整齊，做事敏捷決不拖泥帶水。空閒時，他翻閱《蘇曼殊文集》、《蔣總統言論集》，以及報紙副刊，李組長看在眼裡，氣在心頭。「這樣純潔的好孩子，若是被這些王八蛋填蔴袋丟進海裡，多冤枉啊！」李輝心知肚明，臺北保安司令部公布的張敏之、鄒鑑參加共黨的罪名，都是胡編亂造的。寧肯錯殺三千，不能放過一人，這就是現階段反共政策，媽的！

那日，政治處蔡璞幹事找于祥生談話，問他過去和呂娟的交往情況，囑他寫出報告書繳上去，列為資料。于祥生接到這個任務，心噗噗直跳。從去年搭海輪到了澎湖，他便和呂娟失去聯絡，只聽說呂娟進了師野戰醫院，作了看護；後來她因共諜嫌疑被捕，押去臺北，音訊杳然。他倆曾在湖南相識相戀，因為兩人都熱愛文學，晚飯後的一段休息時間，趁著晚暮朦朧，炊煙繚繞，他倆蹲在田埂上、躲進竹林內談徐志摩給陸小曼的情書、談朱光潛給青年的十二封信，談茅盾的《子夜》、巴金的《家》，最後兩人挽著胳臂跑進僻靜的穀倉親嘴摸乳房，幹出了逾規的醜事。不過，這祕密只有天上的星星知道，牆角的老鼠知道，其他人都被曚在鼓裡。

湖南省主席程潛響應中共局部和平，煙臺聯中南遷廣州。漫長的旅途上，于祥生看完了李廣田的長篇小說《引力》，然後，他在書的扉頁簽名贈送給呂娟存念。呂娟到澎湖後，不幸把這部小說借給一名特務閱讀，不久呂娟被捕。呂娟從未看過《引力》，她大抵始終不知道自己被捕的原因。只有于祥生心裡明白，《引力》的主人公逃出日偽盤據下的濟南，跋涉萬水千山，歷經苦難辛酸，最後抵達共產黨抗日基地延安。這部小說是一顆定時炸彈，炸傷呂娟的心，也嚇破了于祥生的膽……

于祥生在自白書中寫明：他在廣州一家書店買了《引力》，並沒有閱讀；他送給呂娟為的博取她的歡心。那位政治處蔡幹事不住地眨巴眼睛，低聲冷笑說：「你真的不知道那是一本反動的小說麼?」于祥生搖頭，裝作茫然不曉。

那年八月二十九日，美國遠東軍司令麥克阿瑟將軍率領聯合國軍隊參加韓戰，臺灣海峽暫時解除緊張情勢。三十九師寧安小組特務召開緊急會議，為了應付潛伏的流亡學生蠢蠢欲動，作垂死的掙扎，決定發起第三次共諜自首運動。

那日，蔡幹事祕密向于祥生展示一封短箋。不錯，那確是呂娟的筆跡。她在信中表達對祥生的關懷情意，並敘述自己通過自新教育，如今已經參加了革命行列。呂娟說于祥生是一個純潔的文學青年，為了幫助政府清除共諜，應該注意隱藏在四周的可疑分子，隨時向有關機關檢舉。

于祥生向蔡幹事打聽她的通訊地址，蔡幹事支吾不答。卻說：「我認為你很老實可靠，吸收你為保防細胞，以後隨時跟我保持聯繫。你的前途是光明的。我希望你要努力學習……這個是……」于祥生心如刀絞，面如紙灰，他恨不得立刻攀登鴨嘴崖，蹈海自盡，解脫這恐怖的政治枷鎖。

那晚，于祥生終於悄悄摸上了鴨嘴崖，準備跳崖；他思前想後，熱淚滿腮，始終鼓不足勇氣朝崖下跳……驀地，他聽見崖下有人高聲呼喚：「于祥生！李組長叫你回去！」暮色蒼茫，他朝崖下望去，只見蘇司書兩手插腰，正向崖頂瞅望呢。蘇司書是河南舞陽人，年近四十，是一個老實巴腳的人。當初于祥生來作戰組報到，只有一床灰色舊軍毯，晚上睡覺摺成兩截，一截當褥子，一截當被蓋，秋風乍起，凍得于祥生縮作一團。蘇司書便翻出軍用棉大衣蓋在他身上。有一天，蘇司書悄悄叮囑他：「等月底領到薪餉，先買一個被套，等下月再買被胎，有了新棉被就不愁挨凍了。」于祥生聽蘇司書的話，不過他嫌對方有些囉嗦。因為蘇司書不贊成他看閒書，鼓勵他熟讀步兵操典，等將來投考軍事學校，走康莊大道。但于祥生對於軍事書籍味同嚼蠟，毫無興趣。

他們沿著海岸小路向團部走。蘇司書勸他以後不可攀登鴨嘴崖，那兒鬧鬼，有人在崖上碰見，披頭散髮鋸齒獠牙，把人往海裡推。于祥生聽了捂嘴直笑。世上並沒有鬼，即使有鬼，也沒有想像那麼可怕。他堅定相信三十九師的特務爪牙比鬼更為可怕。

從看過呂娟的信以後，于祥生的心亂如麻，如靈魂出殼，面似槁木死灰，他思念呂娟，心疼如裂，他曾設想被捕後和呂娟關進一座牢獄。但是，呂娟在信中表示她參加了「革命行列」，這是什麼機關和學校？莫非還有不可告人的祕密？他茫然了。月底領到薪餉，他鼓起勇氣去見政治處蔡幹事，請求他把這些錢轉寄給「革命行列」中的呂娟。蔡幹事握著那只薪餉袋，發出冷笑：「她會需要你這點錢麼？你讓她買一瓶霜膏還是買一雙皮鞋？于祥生，你是一個士兵，你掙的錢咋比得上呂娟多？別忘了，人家是國家核心幹部，哈哈！」于祥生並不覺得難為情，反而順水推舟說：「我寄她這點錢，即使讓她喝一碗水，也算是我的一點情意。」蔡幹事不禁愣住了。

半晌，蔡幹事點上一支香菸，低聲問：「小于，你和呂娟戀愛過？」

「嗯。有點感情。」于祥生誠懇地說：「我和她是在流亡途中認識的，我追求過她……」

「不過……」蔡幹事吸了兩口菸，皺起眉頭：「年輕孩子的感情是靠不住的。有時候會發生變化，你應該懂得我的話吧？」

于祥生無告地低下了頭……

當初呂娟在桶盤嶼一座漁民倉庫接受疲勞審問，師寧安小組的兩個特務想強姦她。蔡璞在旁擔任紀錄。他看到呂娟那種面不改色心不跳的勇氣，以及冷靜沉著的應變態度，深受感動。他用語言干預了兩隻色狼的逾規行為。「若是姦污她，我無意見，不過你們得殺人滅口才行。呂娟的案子連臺北也知道，咱們掩蓋不住啊！」

兩名特務的手軟了，褲襠的老鼠也軟了……

那天清晨，桶盤嶼飄著淒風苦雨，她和十五名共諜嫌犯被押赴臺北時，她撲通一聲跪倒在蔡璞面前：「長官，求您告訴一一五團三營七連的于祥生，就說我去了臺北。我只要活在人間，一定忘不了他。」

蔡璞有些驚慌，趕緊把呂娟攙扶起來。「行，我一定把你的話轉告他。」呂娟的話，惹出麻煩。那兩名特務惱羞成怒，當即打電話通知內垵小組，儘速尋找適當機會祕密處決三營七連士兵于祥生。這些祕史，于祥生不知道，連蔡璞也矇在鼓裡。

呂娟是個年輕健美的煙臺姑娘，瓜子臉、大眼睛，長睫毛，她的臉腮微紅，像剛成熟的蘋果，讓男人直淌口水，恨不得摘下來趕緊咬上幾口，解饞。當初，呂娟考進野戰醫院，豺狼便瞪起紅眼珠想嚼羔羊肉、喝羔羊血。不過呂娟不屑一顧。豺狼生了氣，才指使爪牙給呂娟按上共諜嫌疑犯紅帽子，把她逮捕。若是呂娟稍微鬆一下褲帶，她決不會挨打、接受夜以繼日疲勞審問，也不會被押送臺北保安司令部。

于祥生自從知道呂娟去了臺北，一顆心被撕成兩片，惶恐焦慮煩躁不安。他幾次想去鴨嘴崖跳崖自殺，解脫一切痛苦，可是卻有幾個人扯他的後腿，讓他苟且偷生。包括李輝少校、蘇建南同少尉，還有政治處的蔡璞上尉。這些人並非疼愛他，而是同情他、可憐他。他是一個糊塗蛋，根本不知道。

那年深秋，風吹得最為熾烈。團部從離島遷移馬公。機帆船在浩瀚的海峽航行，晃晃悠悠，隨波逐流，非常危險。于祥生揹著一捆公文袋，蜷伏在艙內。濃烈的柴油氣味，使他作嘔。他盼望這艘船沉進海底，把他帶去見海龍王，省得在人間受活罪了。若是將來有一天呂娟回來，找不著他怎麼辦?于祥生像個拙劣固執而不甚聰明的小說家，他編造故事根本不合乎情理。

冬天，強風封鎖了澎湖海峽。由於船隻少，蔬菜副食品來源困難。每日兩餐是南瓜燉粉條、黃豆煮魚鮮，于祥生身上的皮膚病，愈抓愈癢，愈撓愈潰爛。他跑去西藥房買藥膏來搽，也不見效。最使他苦惱的，他得了繡球風症，陰囊下面起了濕疹，腫脹得宛如透明的小汽球。由於褲頭摩擦疼痛，走起路來一拐一拐，像是腿瘸。

「你咋啦?」

別人關心地問他。他尷尬地笑，無以作答。

拖到年底，換了冬裝，繡球風逐漸痊癒，于祥生參加了總統親校。

天上雲層很厚，風呼拉拉地吹。偶爾飄下一兩滴沁涼水花，讓人弄不清是浪花還是雨絲。于祥生站在團部士兵行列內，徒手立正，恭候校閱官蒞臨。他的體質並不健康，患皮膚病支氣管炎多年，繡球風甫癒，所以站久了渾身發酸發冷。不過，他能參加總統親校感到無比幸福。因為他已經被摘掉了紅帽子，沒有共諜嫌疑了，否則上級怎能允許他參加校閱隊伍?

「立正!」

驀地，一聲口令。接著揚起軍樂聲音。于祥生翹首遠眺，一個身披醬黃色軍用大氅的人，站在吉普車上，左手扶欄，右手向受校官兵答禮。他覺得此人何等面熟，過去曾在黃曆上鈔票上禮堂牆壁上報紙上電影上見過，他不是蔣委員長蔣主席蔣總統麼?于祥生眼圈紅、心頭熱，嘴巴輕聲唸禱:「我們都擁護你，我們都不是壞人，山東八千個流亡學生沒有一個壞人……被槍斃的張敏之、鄒鑑死得冤枉，他們都是擁護你的中國國民黨員……」校閱車逐漸駛近，他看見汽車上的那個六十出頭的老人，緊蹙眉頭，彷彿對他演講:「只要中華民族還有一寸土地，我一定在那塊土地上，高舉青天白日國旗，再接再勵，奮鬥到底。……」等到于祥生的眼淚淌進嘴角時，校閱車已經駛遠了……

海風愈吹愈緊，于祥生愈站雙腿既酸且累。他的耳畔響起老人的浙東鄉音，一忽兒高，一忽兒低，鄉音在風中發抖：「忠勇為愛國之本，孝順為齊家之本，仁愛為接物之本，信義為立業之本……」

那天，團部伙食團聚餐，以示慶賀。于祥生多喝了兩杯酒，竟然醉了。他是朦朦朧朧中被蘇司書攙扶回來的。

2

鴨嘴崖長年靜寂地矗立海濱，海浪嘩啦啦地永無歇止地沖擊崖石。有時，特別是月黑風高的夜晚，鯊魚聞到血腥氣味，便不遠千里潛游到鴨嘴崖附近海域，吮吸那殘剩的人肉渣滓和血汁。於是，鴨嘴崖腳下村莊的漁民暗自叫苦，因為出海作業，最懼怕遇見鯊魚，他們帶了香燭紙箔走進媽祖廟去跪拜，祈求媽祖驅逐鯊魚超渡山東流亡學生亡魂，庇佑當地風調雨順，出海平安。

雖然于祥生隨團部渡海到了馬公島，但是鴨嘴崖的巍峨聳立海濱形象依舊展現他的腦際。每月填寫「士兵自殺逃亡表」，數目有多有少，但從下級單位傳來的訊息，士兵大多數是從鴨嘴崖跳海自裁的。

傍晚，于祥生邁著蹣跚的步伐上了鴨嘴崖。他覺得腿酸腰疼，氣喘如牛，到了崖頂便坐了下來。眼前蒼茫的海峽波濤翻湧，如泣如訴。他小時候住在棲霞山旮旯裡，沒見過海，只在圖片上看過。後來到了煙臺，他被那煙霧籠罩的海洋吸引。在陰雨的湖南藍田鄉野間，他和呂娟談起故鄉的往事，也是圍繞著浩瀚無垠的大海。呂娟是一個健美的女孩子，她會仰泳俯泳蛙式自由式，她從小在煙臺海邊長大，她是海的女兒，她發誓將來長大後遨遊四海，最後葬身在浩瀚的海洋裡。

「你別說這種話。」于祥生用手摀住她的嘴。

「迷信，迷信。」呂娟咯咯笑起來。

他在朦朧中，聽得身後傳來悅耳的歌聲。是誰？他轉頭一看，原來呂娟穿著一套軍便服，健步登上了鴨嘴崖。他趕緊站起來，迎向前去，抱緊了她。

「你來做啥？」

「找你。」

「你咋知道我來這兒？」

「作戰組蘇司書告訴我的。」

「你找我有什麼事？」

「借錢。」呂娟掙脫他的擁抱，走近崖前，凝望茫茫大海。「你瞧，那邊就是山東半島，煙臺在那兒。祥生，我想回煙臺，盤川不夠，你借給我一點行唄？」

「行。」他楞了一下。「你能跟我回去拿麼？」

驀地，呂娟仰頭長笑。眨眼工夫，她躍身跳下了鴨嘴崖……他從夢中驚醒過來。

這奇異的夢，使于祥生忐忑不安，心神不定。他悄悄把這個夢說給蘇司書聽。蘇司書思索片刻，皺起眉頭：「呂娟向你借盤川，這是表明家鄉路遠，她不願流落此地作孤魂野鬼啊！過幾天，你買些冥紙，去海邊燒給她。依我看，呂娟八成已經死了。要不然為啥不給你寫信？」

于祥生信以為真，哭了。

他沉不住氣。跑去政治處見蔡幹事，把前後經過講了一遍。蔡璞冷笑說：「蘇建南是同少尉司書，他怎麼會知道審訊共諜的祕密？他憑啥說呂娟死了？有什麼證據？這件事連我也弄不清楚，難道蘇建南是千里眼，他能看到臺北的事情？」

蔡璞聽過于祥生的幼稚話，既生氣，又好笑。他鼓勵這個痴情小青年放棄幻想，準備功課，投考軍校。他說：「日有所思，夜有所夢，青春年華正值創業時期，不要再胡思亂想做白日夢了。」

于祥生永遠解不開心頭的結。他時常向蘇司書打聽有關呂娟的事。原來呂娟被押送渡海去了臺北，審來問去，仍舊審問不出什麼名堂。馬公有豺狼，臺北也有豺狼；馬公的豺狼沒有剝呂娟的皮飲呂娟的血，臺北的豺狼卻在一個月黑風高夜把呂娟押進石碇山區把她輪姦，呂娟羞憤割腕自殺。這件祕事是一名特務酒後告訴李組長的。他倆是軍校同學。李輝又悄悄將此事告訴蘇司書。過去蘇司書曾在師野戰醫院患盲腸炎開刀，和呂娟認識。

于祥生的心被撕成了八瓣，他已經沒有心情工作了。他想去鴨嘴崖跳海自殺，和呂娟結伴渡海返回故鄉……他真懊悔，懊悔跟隨煙臺聯合中學搭濟和輪到了澎湖，但懊悔又有何用？

在漫長的寒冷的風季，由於患病士兵過多，只好在陰暗潮濕的廟內搭地舖。病員包括慢性關節炎、夜盲、肺結核、氣喘病、嚴重皮膚病、腎臟炎。這些十七八歲從戰火紛飛的山東半島渡海來的學生兵，水土不服，營養不良，再加上受到白色恐怖，身心都不正常。當時醫藥缺乏，盤尼西林只為高級幹部注射，這些可憐蟲只有拖到死為止。僅是馬公天后宮的病員，每月病死平均十人以上。有些沒有忍耐修養的小青年，拖著病懨懨的身子，深夜溜到海邊投水自殺。因為于祥生每月填報士兵自殺逃亡表，所以他對自殺情況最清楚。這種表報列為保密文件，若是洩露出去將遭受軍法制裁。

每逢假日，于祥生總是買了一些雞蛋、糕餅、煉乳等食品，到附近廟宇去看望臥病不起的同學。走進陰暗污濁的廟內，他嗅到一股難聞的尿酸味酒精味發霉的飯菜味，混合著香燭氣味，讓他作嘔。他發現有些人床前放著不同的書籍：《聖經》、佛教讀物、《三S幾何學》、《軍人魂》、《民族魂》、《我怎樣逃出鐵幕》、《陸軍步兵操典》，床前擺書者證明他有生存的慾望；但有些病員既不看書也不看報，甚至連藥也不吃，只是蒙著頭睡大覺，等死。于祥生探望的對象就是這種對生命絕望的人。

儘管于祥生接近病員，安慰病員，但那些被侮辱與被損害的垂死掙扎的小青年，卻對他採取敬鬼神而遠之的敵對態度。他不明白，也不想探問原因，後來他從一個患夜盲症的同學那兒，才知道病員懷疑于祥生是被收買的爪牙，到此虛情假意看同學，其實是刺探情況，作為將來逮捕共諜的參考。

那年陸軍軍校在澎湖招生，報考者非常踴躍。于祥生對這個志願毫無興趣。他在作戰組李組長鼓勵下，到馬公照相館拍照、報名。考試在馬公中學舉行。一月後，他接到初試錄取名單，正準備整理行囊渡海去鳳山參加複試，忽然接到調職命令，限他即刻搭乘魏徵號機帆船前往望安島報到。新職務是團屬運輸營上士文書。李組長看了公文，皺起眉頭；于祥生的心碎了，亂了！

夜晚航行，黑魆魆有些恐怖。艙內只坐著四人，誰也看不清對方面貌，大家除了咳嗽以外，只是悶聲倚靠船板上假寐，或是吸菸。半夜時分，魏徵號停靠一個不知名的碼頭。領隊的呼喚名字上岸。于祥生登陸後，在槍兵監護下，開始攀登一段崎嶇羊腸山徑。夜空月明星稀，不時聽到野鳥從樹枒間撲打翅膀聲音。上了山坡，迎面一座嶗岵石修築的空曠民宅，他被引領進屋，卸下行李，他恍然大悟，這是囚禁政治犯的祕密地方，他們一行四人被捕了……。

他睡了很久，醒來時，陽光穿過窗隙洒進陰暗的小屋。他聽見窗外傳來鳥雀的啼聲。小屋約四坪大，潮濕骯髒，散發著一股尿酸味。原來牆角放置一只木桶，供給犯人夜間排尿。也許昨晚海峽風浪顛簸，把這些可憐的流落他鄉的小青年整得頭暈腦脹、精疲力竭，如今他們三人正睡得如同一堆爛泥。因為和衣而睡，軍毯蒙住了頭，于祥生也看不見三人的面孔。他扶牆站起來，輕撥房門走出去。院內靜悄無聲，對面是廚屋、便所。大抵屋主早已遷居他處，空蕩蕩的，一派蕭涼景象。

于祥生在水缸內舀了一瓢水，擵了一把臉，聽見門外傳來腳步聲，接著是開鎖聲，門打開了！兩名槍兵厲聲向他說：「于祥生，跟我們走！」

他被押到一間寬敞的房院，接受疲勞審問。兩名特務反覆地問，他何時參加新民主主義青年團？介紹人是誰？在學校吸收什麼人入團？來澎湖作了一些什麼活動？

于祥生頭昏腦脹，不知如何作答。

從屋後走出一名彪形大漢，走近他，噼啪摑了他兩個耳光，打得他兩眼冒金星。接著剝光他衣服，脊背塗上一層油，拿起扁擔開始抽打他的背。他覺得刺骨地痛，不多時，便昏迷過去。於是，有人朝他面孔潑水，逐漸甦醒，又開始用扁擔抽打，不久昏迷過去……直到夜闌人靜，他仍被綑綁在柱子上。

飢餓、渾身皮開肉綻。于祥生呈現半昏迷狀態。如今他期望趕快死去，免得受苦。他懊悔去年未曾縱身跳下鴨嘴崖，以至於拖到現在遭受皮肉之苦。

「于祥生，你什麼時候參加新民主主義青年團？」

暗夜，一盞馬燈照射下，從黑暗處傳來淒厲而恐怖的聲音。

「我……沒……有……」

「如果你不承認，我們會把證人找出來，我看你還是趕快自首吧！」

他無力作答，也無話作答。

忽然，從黑暗的一角發出了煙臺口音，那大抵是流亡學生講話。「于祥生，你不要再猶豫不決了。放下屠刀，立地成佛，政府會寬大處理的。你聰明，有文藝細胞，很多同學羨慕你。連咱們煙臺聯中校花呂娟也喜歡你，你趕快自首吧！澎湖四面環海，你是跑不出去的……」

「你是誰？」于祥生朝著黑暗怒吼。

「呂少華。我參加新民主主義青年團就是你介紹的。」

「胡扯八道！我根本不認識你！」

那個身材魁梧的劊子手，從黑暗處走近他，把他打翻在地，然後搬了一塊石磨，壓在他肚皮上。他躺在冰涼的地上呻吟，額頭冒冷汗，渾身酸痛，呼吸急促困難，不知什麼時候昏迷過去。凌晨，于祥生被潑冷水甦醒過來。一名特務拽著他的右手，強迫他在一張自首書上按了指印，換言之，他已承認自己是匪諜了。

于祥生被關進一個陰暗的地堡內，過著土撥鼠一樣的生活。過去，他從俄國詩人愛羅先珂的詩稿中，瞭解土撥鼠在漫長的冬季，躲藏在沒有光線的黑暗地窟下，等有一日牠看到春天的陽光，眼睛便瞎了。他想：「若是我將來變成瞎子，看不見任何景物，看不見特務爪牙的可恥下場，那是多麼悲哀啊！」思前想後，他不禁哭泣起來。

在暗無天日的地堡中，他吃的是鹽水泡糙米飯，喝的是半生不熟的海水。身上傷口疼痛流膿，腹內發脹，他記不起多少天沒曾拉屎了。

睡在潮濕的稻草堆上，睜開眼睛，黑唬唬的，啥也看不見。只聽到外面海浪沖擊地堡聲音，嘩啦嘩啦，催人入夢。一夜，他在朦朧中，聽見有人嘆息聲。他感到詫異，地堡鐵門外，除了看守的槍兵，只有炊事兵每天來兩次給他送鹽水泡飯和白開水。這是誰在嘆息？他發了怔。

驀地，他聽見有人和他談話。

「你後悔不？于祥生。」

于祥生聽了這句話，渾身熱血沸騰，馬上堅決地答：「後悔，後悔，我後悔一輩子！我上了賊船。他媽的，我不該坐濟和號輪船來到這個鬼地方！」

沉默。沉默。

嘩啦嘩啦。

「唉！」從黑暗中傳來了回聲。聽口音，豫北人。這證明是三十九師的老兵，他一定是守衛地堡的衛兵。「既然來到這裡，還後悔啥？可是話又說回來了，後悔有啥用呢？」

「同志！」于祥生提高了喉嚨，誠懇地說：「我求求你，幫我一下忙行唄？」

「你要我怎麼幫忙？」

「扔給我一根草繩，破皮帶也行。」

「你要那個幹啥？」

「沒收了我褲帶，我覺得不對勁兒。幫個忙吧，大哥。」

沉默。

他聽見了嘩啦啦地浪花聲。不久，昏然睡去。

他在睡夢中晃晃悠悠，猶如輪船在大海中破浪前進。雖然他渡海來澎湖一年多，但有時睡夢中仍覺得如坐船一樣。那次航途上，他常在夜暮低垂，倚在甲板欄杆旁，看天上朝他眨眼的星星，看茫茫大海翻湧的浪花，直看得他兩眼暈眩，頗有睡意時，才邁著蹣跚的步伐返回後艙去睡覺。

如果投海自殺，在航途中是多麼痛快啊！

如果投海自殺，在鴨嘴崖是多麼詩意啊！

過了不知幾日幾夜，于祥生在深夜又聽見那熟悉的豫北口音了。

「于祥生，不是我評論你，你的勇氣膽量都比不上呂娟。這句話在我肚子裡憋了很久了，我一直不敢說，怕你聽了難過、生氣。」

「呂娟也在這裡關過？」他驚訝地幾乎蹦起來。

「嗯。她在這座地堡蹲了兩個多月。她的罪嫌重，渾身五花大綁，比你受的苦可多了。可是呂娟從來不灰心、難過，時常唱『淡淡的三月天，杜鵑花開在山坡上……』還唱什麼『石榴開花胭脂紅，二十歲青年去當兵……』她真是一個多情的女孩，她曾經跟我談起你——」

「她說我什麼？」

「她說你個性衝動，沒有耐心，膽子比老鼠還小。她說你跳木馬連開腿跳也不行，是活老百姓。」對方嘿嘿笑起來。半晌，從黑暗處飄來低沉的聲音：「依我揣測，呂娟對你印象不錯，她臨死還一直惦念你……」

「呂娟不是去了臺北麼？她什麼時候死的？」于祥生的心噗噗跳，聲音也有些顫抖。

呂娟原是被押上船解往臺北的。她臨走向蔡璞下跪，求他轉告于祥生，她今生今世忘不了他……可是船在海峽轉悠了半夜，特務又把蓬頭垢面的呂娟押返回來。翌日，炊事兵給她送牢飯，才發現呂娟以頭撞地堡的石牆以致大量出血而死。

聽罷這件往事，于祥生便掩面哭泣起來。

一週後，于祥生被押上機帆船，送到馬公「陸軍第三十九師新生隊」，開始了新的生活。天矇矇亮，新生隊的隊員便沿著雞籠頭海邊公路跑步。于祥生呼吸短促，胸部隱隱刺痛，那是他被關押時扁擔抽打留下的病根。直到東方泛出魚肚白，隊伍才跑回營區大操場。

升旗後，各中隊圍成馬蹄形，坐在小板凳上開始讀訓。讀訓的書籍包括《三民主義》、《蔣總統訓詞》、《民權初步》等。由中隊選出一名口齒清晰、國語標準的隊員唸書，其他隊員默聲閱讀。讀訓後，休息片刻，便進行早餐。早餐是大米稀飯、饅頭、煮黃豆、鹹菜。

所謂新生隊，即是將過去誤入歧途具有共黨嫌疑的學生兵，給予政治訓練，使他們成為反共抗俄的革命力量。于祥生報到時，班主任羅年對他說：「以前種種，譬如昨日死，以後種種，譬如今日生。過去的賬，一筆勾銷，你現在已經新生了！咱們昨天是敵人，今天卻成了同志了！」

他感到溫暖、興奮、新鮮而快樂，彷彿脫胎換骨改變了人生。

午夜夢迴，他猶如躺在那座陰暗潮濕的地堡內。聽到從黑暗空氣飄來那熟悉的豫北口音：

「于祥生，你比不上呂娟，呂娟有膽識、有勇氣，她不像你似的，唉聲嘆氣，一會兒向我要繩子，一會兒向我要破皮帶……她一頭撞在石牆上，咽了氣……了不起啊！這才是……英雄……」

3

清晨，林厝村彌漫著一片煙霧，是炊煙也是暮靄。那座傍靠檳榔山的菜市場，人聲鼎沸，水洩不通。濱臨林厝村的海港，停泊著海軍小艇，沿海駐守一個陸軍師的部隊，因此這座菜市場生意愈加興隆。每逢週末，車輛更加擁塞，軍用車裝滿了菜蔬瓜果和魚肉，為了維持交通秩序，林厝村內常見佩著憲兵袖章的阿兵哥，挺胸前進。

每到假日，于祥生常和一個姓劉的譯電員去檳榔山爬山。他倆年紀相近，過去曾在澎湖「新生隊」同隊，共同捱過將近半年的洗腦生活。最難得的兩人喜歡文學，臭味相投，所以師部的參謀背地稱呼于祥生「李白」，稱呼劉雲「杜甫」，並非恭維，而含有譏諷意味。

檳榔山上種滿了高大的檳榔樹。山上有一塊巨大的青石，四周置石座。這景物和于家山的青石相似，所不同的，于家山上那塊青石刻著一個棋盤。于祥生小時候常去看老頭下棋。傳說數百年前兩個道士雲遊此地，曾經在青石上下了一盤棋。一個放牛小孩把牛趕到山洞，走來看下棋。道士摸摸孩子的頭，塞到孩子嘴中一顆棗，孩子吃了棗，不餓了，也不渴了，只是蹲在青石旁看道士下棋。有時，放牛孩子看見山下樹葉一會兒青、一會兒黃……等一盤棋下完，道士催孩子回家吃晚飯，誰知牛的骨頭已風化，村莊變了，人也不認識了。後來一打聽，才知道一百多年過去了……

劉雲是山東諸城人，濟南一聯中學生。他會寫詩，筆名流雲。他被送進新生隊以前，在連隊作文書，因為上級搜他的包袱，發現有一冊臧克家詩集《古樹的花朵》，便確定詩人多半左傾思想，劉某愛詩，因而思想一定傾向共黨。由於劉雲比較單純，性情溫和，所以離開新生隊後，考進師部譯電人員訓練班，結業後以准尉任用。而且也入了黨，這是祕密，于祥生當然不知道。

在于祥生心目中，劉雲是杜甫李白也是艾青田間。他的文學根基好，在東臺灣文藝沙漠，他猶如一塊綠洲，滋潤了于祥生的心田。每逢假日，他倆常坐在檳榔山這塊大青石旁，寫作、討論。劉雲是上尉譯電員，他是中尉文書員，劉雲身高一米七二，他身高一米六七，劉雲的健康情況、氣色容貌都比于祥生略勝一籌，這是不容置疑的事實。于祥生佩服劉雲、尊敬劉雲，處處讓劉雲領先，甚至兩人走路，于祥生也是走在劉雲左邊或後面。

檳榔山景色並不出奇，不過清靜至極。坐在半山腰間青石座上，凝聽鳥雀啁啾，蟬聲唧唧，催人入睡。若爬上山頂，可以遠眺浩瀚無垠的汪洋大海。于祥生看到太平洋，便聯想起濛茫的澎湖海峽，以及矗立海濱的鴨嘴崖；於是他情不自禁湧出自殺的慾望。他這種潛意識如同礦石深埋於地層下，別人是不會理解也難以理解，即使講給別人聽，對方也聽不懂他的話。

林厝村有一家公共茶室，昏暗燈光下，兩旁盡是車廂般的座位。那低沉瘖瘂的歌曲，在盆景與沙發座間淌瀉著。那天晚上，于祥生和劉雲鼓起勇氣走進去。幾個年輕姑娘圍近他們。于祥生有些緊張、膽怯，燈光朦朧中，他竟然發現呂娟站立眼前，正想呼喊她時，卻見那位漂亮的姑娘齜牙一笑，轉身走了。他有一種恍然若失的感覺。

劉雲帶著一位肉彈型的小姐，走進後面隱密座位。他仍舊站在原地發愣。幾個姑娘流露出困惑不解的眼光瞅望他。「呂娟呢？呂娟上哪兒去了？她為啥一轉身不見了呢？」姑娘聽了這些話，莫名其妙，哈哈笑了，陸續散去。他也邁著蹣跚的步伐走了出來。

翌日，于祥生在餐廳碰見劉雲，才知道喝茶、嗑瓜子，摸乳房掏麻雀，磨蹭了將近五十分鐘，卻化了不少錢。原先那姑娘想拽劉雲進去做愛，劉雲以感冒為藉口婉拒，對方不甚高興。

劉雲笑，于祥生卻不笑。從昨晚自公共茶室回來，于祥生像失魂落魄一樣。劉雲覺得納悶，追問原因，等他說出來之後，劉雲握緊他的手：「等發了薪餉，咱倆再去找呂娟！」

呂娟是那家公共茶室最美麗也最驕傲的孔雀，花名曼莉。她原名林秀惠，臺東人，她的容貌、風采，甚至一顰一笑，幾乎跟呂娟一樣。客觀地說，曼莉比呂娟更為水靈，惹人憐愛。林厝村雖是臺灣東部一座村子，由於駐軍人數眾多，附近還有一座機場，它比一座市鎮更為繁榮。因此，追求曼莉的客人如過江之鯽，客人比于祥生中尉條件優越的實在太多了。

可是他倆相識不久，卻陷入了情網。曼莉心目中，于祥生純潔忠厚誠實可靠，和他在一起，即使喝白開水吃紅薯簽稀飯也是幸福。于祥生把曼莉看成同學、同鄉、情人和未婚妻，這是曼莉從來沒有感受到的經驗。她跟于祥生在一起，總覺時光如矢，唯恐他因事趕回營區；她從未想到坐檯子賺多少錢，或是拿到小費……他倆見過七八次，竟然從未發生肉體關係，這倒是讓任何人也不敢相信的事。

一日，于祥生忽然接到一封信，西式信封，信上地址為「林厝村一〇八號」。拆開一看，原來是曼莉寫的。她邀約于祥生週末晚上去林厝戲院看七時十分的電影「國王與我」。他把此信拿給劉雲看。劉雲看罷尋思半晌，作出了原則性的建議：「如果不能和她結婚，你可千萬別動真感情呀！」

「如果我打算跟她結婚，行唄？」

劉雲大吃一驚：「你願意跟妓女結婚？」

「你咋講這種話？你，你……算我有眼無珠認錯了人！我一直把你看作兄長、老師，想不到你把我喜歡的女人看成妓女！」

劉雲氣咻咻地走了。

週末，于祥生先去浴室沖了冷水浴，換了一件新港衫、達克隆西褲，擦亮了皮鞋，便走出營區。晚暮低垂，林厝村商店已燈火耀眼。他走到戲院門口，便發現曼莉著一身天藍色洋裝，站在海報欄旁朝他招手。兩人相擁走進戲院。

戲院黑魆魆的，銀幕上正放映預告片。可能是週末的關係，觀眾非常擁擠。好不容易找到座位。

「你為啥給我寫信？」他握住曼莉柔細的手問。

「約你看電影。你好久沒來茶室了。」

「哪有好久？才一個禮拜。」

「我以為你病了。」

尤勃連納的光頭、演技，並沒有吸引于祥生的注意，他卻沉浸在愛情漩渦裡。「走吧。」他咬著曼莉的耳朵，低聲商量。這是一幢四層樓的建築，一樓是冰果室、二三樓電影院、四樓是旅館。他們走過黑魆魆的走廊，上了樓梯，進了幽祕的涼爽的迷宮。

于祥生滿頭烏黑濃髮，比不上尤勃連納的光頭性感，但他卻像猛虎下了山崗，溜冰選手滑進了冰河，拳王喬路易走上擂臺，把那個嬌弱的美麗的孔雀整得呻吟哀號泣訴，直到樓下放映「國王與我」影片散場時，老于才舉起粗壯的汗淋淋的拳頭，宣布勝利退場，而癱臥在床上的慘遭蹂躪的孔雀，聲嘶力竭頭髮蓬散宛如害了大病一場。

曼莉甦醒後，問他：「今晚上，你吃的什麼？」

「大鍋菜。白菜、豆腐、魚丸、肉片、粉絲，還有筍片。」

「你沒吃什麼藥吧？」

「我沒有病吃藥作什麼？」

「你太厲害了。我原來想嫁給你的。可是，你不是一個人，你是一隻老虎……」沒等曼莉說完這句話，被于祥生用手捂住了嘴巴。

如今，于祥生一心想成家，他既無房屋，也無積蓄，為了愛情，他決心結婚。他填寫了結婚申請表，人事部門參謀簽註意見：現役軍官結婚應滿二十八歲，而于祥生實際年齡僅二十七歲七個月；換言之，若結婚需等五個月之後，否則視為違法結婚，不僅記過，並且領不到眷糧。

劉雲會寫新詩卻不會說話。「為了喝一杯牛奶，何必買一頭乳牛？何況她既非天上的明月，也非深谷的幽蘭，而是生長在荒郊任人隨意採摘的野花？」于祥生聽不進這種話，他扭頭走了。

他心裡像塞滿了濕濡濡的柴草，難受至極。他恨不得馬上築起一棟蜜月小屋，屋內收藏了饅頭餅乾蔬菜魚肉和米糧，他和曼莉相偎相依從深夜到黎明從萬卉昭蘇的春天到陰雨連綿的冬天，他度過只羨鴛鴦不羨仙的愛情生活。于祥生像掉了靈魂似的，走進昏暗的公共茶室。

「曼莉去花蓮了！」

這消息宛如晴天霹靂，驚醒了于祥生的美夢。

「去花蓮作什麼？」他問。

「陪客人跳舞去啦。」

「客人姓什麼？」他又問。

嘻嘻。哈哈。嘿嘿。一群茶室小姐笑成一團。她們從未聽過如此滑稽而愚蠢的問題。

「她大概什麼時候回來？」他再問。

茶室小姐一哄而散。最後只剩下一位胖嘟嘟的胸部膨脹的小姐，輕聲細語說：「曼莉最快也得深夜一點以後回來，也許在花蓮住夜……你不必等她了，先生！」

于祥生拖著沉重的步伐，走回營區。他萬念俱灰，對於曼莉，心中只有妒忌與憤恨。列夫・托爾斯泰說得對：當愛消失的地方，那兒就長出恨來。他下定決心，海枯石爛，再也不和曼莉往來。

于祥生度日如年，過了一週，過了十天，好不容易捱過半個月，他再也忍耐不住，便跑到公共電話亭給曼莉撥了電話。

「你為什麼不來見我？我以為你生病了？」曼莉的柔細帶著撒嬌意味的聲音，傳進他的耳膜。他幾乎掉下眼淚。

「你去花蓮呆了幾天？」

「哈哈，什麼幾天？只呆了一夜，我喝醉了。」

「夜裡住在啥地方？」

「亞士都大飯店。他們把我送進去的。醒了之後才知道。」

他聽了妒火中燒，忍不住說出絕情話：「我今天給你打電話，只是想告訴你一件事，我在臨死之前再給你打電話，否則我不會再打攪你了！」

「我們有深仇大恨麼？」

他不作聲。

「你說的這種話未免太狠毒了吧！」

于祥生掛斷了電話。

他走進理髮館，把滿頭烏黑濃髮剪成小平頭。他每天下班後，躲在宿舍看書、寫作。他再也不去林厝村遊逛，甚至也不跟劉雲接近。凡是認識于祥生的長官同事，都覺得他變了，也瘦了。

在無數失眠的夜晚，他彷彿看見曼莉在野男人懷抱撒嬌、嬉笑。有一晚他夢見曼莉赤裸著身子和一個中年男人做愛，他驚醒以後，心噗噗直跳。

翌晨，于祥生鼓足勇氣，給曼莉打電話。那家公共茶室的櫃檯小姐說，曼莉已離開十天，去了臺北。至於她的地址或電話，對方茫然。從此曼莉宛如一只斷線的風箏，飄向了茫茫的遠方。雖然臺灣只是一座海島，地域不算廣闊，人口也不算眾多，但若尋找曼莉，卻比沙漠中掏金還要困難。

林厝村有一位算命瞎子，聞名遐邇，許多官僚富商為了請他算命，常遠從臺灣西部趕來。于祥生自幼反對卜卦算命，自從他和曼莉斷絕往來，他再也不去林厝村了。如今，他耐不住寂寞，他想藉算命仙的指引來尋找曼莉的下落。

算命館是一棟呂字形的磚瓦平房，房內散發著香火氣味。于祥生坐在椅子上苦坐等候，因為問卜者絡繹不絕。牆壁上掛滿匾額、錦旗，署名者不少黨政界知名人士。他想：「人家問的是婚姻、事業或健康情況，而我卻是尋找一個風塵女人，這是多麼可笑的事？」他想走，可是早已交了卦資二百元。若走了實在可惜。正猶豫不決，聽見有人傳呼他的名字，他急忙走進內屋。

算命先生是年逾半百的盲人，問過生辰，他便操著生硬的國語說：「你的婚姻愈晚愈好，最好拖到四十歲。依命理推斷，你要娶兩個太太，一個是外省人，一個是臺灣人。」

「先生，我連一個都追不上啊，咋敢討兩個太太，那豈不是作孽嘛！」他謙虛地說。

「你不用追了。」瞎子說：「你心愛的女人已經跟別人結婚了。」

「啥時候？」于祥生著實吃驚。

「上個月初五。」瞎子斬釘截鐵地說。

「她在哪兒結婚？」

「西部一個城市，遠處有山，近處有河。」瞎子用手摸頭，微笑，起身示意送客：「這女人身在曹營心在漢。她還是愛著你，哈哈！」

于祥生拖著沉重的腳步，走出命相館，走出林厝村。他站在一株鳳凰樹下，嚎啕大哭了！

有人走近他，拍著他的肩膀，輕聲安慰他：「男兒有淚不輕彈，你為了一個女人哭，值得麼？祥生，你想一想，那個女人若是喜歡你，她會不告而別麼？再說，你當初追求她，還不是為了她長得像呂娟？」

於祥生的夢醒了，病也痊癒了。詩人劉雲的話，對症下藥，使于祥生惡夢初醒，起死回生。他掏出手絹擦乾眼淚，握緊劉雲的手，激動地說：「我感激你一輩子！」

「我知道你前些日子罵我、恨我！」劉雲說。

「誰教你說曼莉是妓女？」

晚暮濃重，看不出劉雲羞紅的臉。他說：「我是故意氣你，我知道這場戀愛是竹籃打水——一場空。」

笑聲，在原野流蕩……

悶熱的夏季，陽光如同一團火球，高掛在浩瀚無垠的藍空。自從曼莉離去，于祥生思念她的情緒，剪不斷，理還亂，他已有半年光景沒去林厝村了，只要想起曼莉，他的心就惶惶然，宛如塞了一只鐵錨般沉重。

師部中山室的書報，陳列於六排竹製書架板內。他幾乎終日在默聲閱讀書報。因此有些軍官誤以為于祥生是圖書管理員。他常看的雜誌有《軍中文藝》、《野風》、《半月文藝》，他看報紙除了重大新聞之外，只專心閱讀副刊。一日，他在《更生日報．副刊》上，看到呂娟寫的散文〈藍田聽溪〉。

傍晚時分，遠方的山巒浮升起濛茫的暮靄。走在田埂小路上，時常有青蛙、蚱蜢、蜥蜴從草叢蹦出來。呂娟嚇了一跳，轉身撲進于祥生的懷裡。那一條不知名的小河，就在學校西南約莫兩華里的山麓。每逢假日，他倆便相約去溪畔洗衣、摸魚或游泳。直到夜暮低垂，附近村莊點起燈火，他們才相偎而歸。

呂娟的描寫並不太細緻，也不提及她的遊伴！但是于祥生讀過這篇散文，卻心噗噗跳，手腳顫抖，像走夜路碰上了無頭之鬼，想高呼救命卻四顧茫茫。是她，一定是她，只有煙臺聯中校本部的師生才到過藍田，而且作者署名呂娟，不是她是誰？但是，呂娟不是早在十年前，撞死於澎湖桶盤嶼的地堡了麼？

于祥生給呂娟寫了信，托更生日報轉寄呂娟。半月後，他接到回信。

祥生：

讀過來信，恍如隔世。如果你不提起流亡歲月的甜蜜與噩夢，我幾乎已忘得一乾二淨了。在戰火紛飛的年代，多少家庭破碎，骨肉手足生離死別，咱們年輕人受點波折，算得什麼！記住我的話，千萬不要回憶過去的苦難，那已如流水般一去不復返了！咱們應該向前看，前面才有光明、希望和春天！

如今，我生活在萬卉昭蘇的春光裡。祥生，你是我初戀的情人，我不應該把自己事情瞞著你。雖然我離婚八年，但是八年來圍繞我四周的男人，像眾星拱月，這些追逐者有公務員工程師醫生律師教授，有將軍建築師飛行員情報人員，也有作家畫家電影導演，我是不寂寞的。不過讓我坦白告訴你：我愛的男人除了你于祥生以外，那便是電影演員韋杰。

祥生，如果你看過韋杰主演的故事片「夢斷青山」，那個面色清癯的中年作家的瀟洒形象，將會栩栩如生展現你的眼前。不過，由於仰慕他的小女孩過多，他把我只視作一個影迷而已。明午三時，韋杰拍完「荒煙」一場戲，將和我在中山北路美而廉喝咖啡……

看到此處，于祥生已覺淚眼模糊，他放下信箋，不願意再看下去了。

晚上，他跑去找詩人劉雲，把這封呂娟的信拿給劉雲看。劉雲看罷皺起眉頭，徐緩地說出自己的意見：

「從呂娟這一封信，我看出她的精神有點不正常，在醫學上來說，她患了躁鬱症，也就是內心性精神病。呂娟在信上說她的男朋友三教九流，而她最愛的是電影明星和你，這說明她心情愉快、精力旺盛，永遠不覺得疲倦，時常表現出傲慢自滿誇大妄想的態度。這是躁病最具體的症候。你想，你們分別了十年，驟然連絡上，她就囉哩囉嗦講出一籮筐風流韻事給你聽，這怎麼是正常人的行為呢？」

于祥生聽了，發出苦笑。他堅決不相信劉雲的觀感。

「患鬱病的人心情低落、悲觀，整天垂頭喪氣，沉默無語。和躁病恰好相反。依我來看，呂娟雖然患疑似躁鬱病，她有躁病，可能沒有鬱病。」劉雲既未為呂娟把脈、問診，只看信便判斷她患精神躁鬱病，這真是荒唐絕頂的事。于祥生既生氣，又悲哀，他噙著滿眶熱淚把信塞進褲袋，悻悻而返。

從東部駛往臺北的自強號快車，穿過青翠的田疇和原野。于祥生倚坐車窗旁，凝視遠山及浩瀚無垠的太平洋。他這次請了一週事假前往臺北探望呂娟，事先並未通知對方，為的是想瞭解呂娟的真實生活情況。從她的信中看出她的目前處境比較富裕，有那麼多高收入的男子追求她，她應該過得非常幸福。臨行前，他特地去郵局取出一些積蓄，準備送給呂娟，這是他十年來夢寐以求的心願。

從僻靜的東部山村，來到繁華的都市，于祥生像劉姥姥進了大觀園，眼花撩亂，啥也覺得古怪新奇。呂娟住在北投一條古老狹窄的小街上，走進斑剝的大門，嗅到一股濃烈的豬屎味道。庭院內晒了一些蔬菜、木柴和嬰兒尿布。正凝神時，從一間陰暗的屋內走出一位老頭兒。于祥生走向前去，行了軍禮：「請問呂小姐住在那一間屋子?」老頭兒朝後面瞅望一眼，點頭說：「她在後面。」

後面有一間約莫八坪大磚瓦房，房前種植著兩棵榕樹。走近綠色窗帘前，于祥生輕聲呼喚兩聲。剎那間，門開了，一個約莫三十開外的瘦弱女人，赤裸著半個身子，睡眼惺忪地問：「你是哪一位?啊，我還以為你是焦副總呢，原來是于祥生，進來吧！」

幸虧呂娟的口音還帶著煙臺味兒，否則他絕不會想到質樸健美水靈的呂娟，如今卻變得這個模樣！她的睫毛是人工的、眼圈是畫的；兩隻發育尚未成熟的乳房，乾癟而小；寬大的紅色睡衣掩不住瘦細的大腿，那條粉紅色三角褲露出一撮濃黑的恥毛……他趕緊擺過頭去。

「你來臺北幾天了？」她吸著三五牌香菸，吐了兩個煙圈。

「今天剛到。」他說。

「你打算什麼時候回去？」

「明天。」

「我住的這地方，誰也沒來過。除了你這個呆瓜，沒有通知我就冒失闖進來。哈哈。」呂娟仰頭哈哈笑起來，聲音如貓頭鷹，使于祥生渾身起雞皮疙瘩。

晚上，呂娟帶他去士林夜市吃海鮮、喝啤酒，直到深夜才坐計程車歸來。她泡了兩杯濃咖啡，先進浴室沖了冷水浴，擦乾赤裸的身子，打開臥室的冷氣機，躺在床上。于祥生半年不知肉味，面紅耳赤走近她，順手把薄毯搭在呂娟小腹上。「趕快沖澡去，把牙齒刷一刷，等一會兒吻我這個。」她用右手指著濕濡濡的陰戶。他覺得厭惡、噁心，驟然聯想起曼莉，曼莉比現在的呂娟，前者是展翅的孔雀，後者是一隻骯髒的烏鴉。他默聲走進浴室，脫去褲頭，扭開水龍頭，沖乾淨了頭髮和身體，最後刷了牙，才圍上浴巾走出。

「請你把咖啡拿進來！」呂娟在臥室呼喚。

她倚著席夢思床頭，撇開了兩條雪白的瘦腿。喝了半杯咖啡，把杯子擱在茶几上。她那兩隻越規的淫蕩的眸子，盯著男人脹起的褲頭，嘴裡唸叨著：「上馬吧，想死我啦。」她從此闔上了眼，一會兒哼唧，一會兒尖叫，那只半噸的西屋牌冷氣機，吹散不了身上滲出的汗水。男人愈戰愈猛，像抓著女俘虜報復似的，喘吁吁的進行審問。

「將軍比我行麼？」

「他快六十了，靠吃春藥辦事。咋比得了你？」

「律師、工程師呢？他媽的！」

「我覺得……差不多……」

羞愧與憤恨，促進了他週身血液的循環。女的實在難以承受折磨，禁不住發出垂死的哀鳴。

「韋杰呢？」

「他去香港……進了邵氏電影……公司。」

兩人折騰了一個多鐘頭，像剛從木瓜溪上岸，精疲力竭，汗水淋漓。窗外下起傾盆大雨，眼看木瓜溪暴漲花蓮溪暴漲基隆河暴漲，直到洩洪之後，他才想起另一個問話：「焦副總呢？」

呂娟難以回答。她像一隻癩蛤蟆，趴在木瓜溪岸喘氣。但等她的精神恢復過來，卻像收音機播送的俗不可耐的節目，男女播音員前三皇後五帝發表即興講話，讓聽眾頭皮發脹、血壓猛升，恨不得拿起收音機，摔向門外的臭水溝去。呂娟誇獎焦副總會划拳飲酒會開車子會跳花式探戈會打彈子會唱撒腰那拉加潘尼斯古得拜……

于祥生圍著肚子，靜靜地聽，他想起詩人劉雲。劉雲的評斷真準，她患了精神躁鬱病，也就是躁狂症。

她的話題轉到文學創作上。她寫過新詩，覺得在工商業社會，詩的稿酬少得可憐，只能買一包新樂園菸。她寫散文小說也寫廣播劇。她曾認識不少作家。她吸了一口香菸，吐出煙圈，這是她吸菸的習慣。「他媽的，作家十個有九個是色情狂，剩下的一個是悶騷貨。有一個作家比我大三十歲，約定在西門町大華咖啡館見面，他沒等我坐下，一隻手伸過來摸我的大腿。」

「你沒搧他耳光？」他插嘴問。

「那個人倒不錯。他說我長得像老牌影星陳雲裳。」

呂娟重新提起了凱茲化學工業公司焦董事長的公子，「這小子長袖善舞，是臺北年輕女孩崇拜的偶像。他來過這裡。車子停在巷口，他只走到窗口喊我，沒有進來。我也不准他進來。今天你來找我，我以為是他，你們兩個聲音差不多。」

「你跟他上過床？」

「嘻嘻，哈哈！這是個人隱私，嘻嘻，不告訴你！」她從茶几上拿起一枝香菸，打著火。

「焦副總比你大十幾歲，身體比你強壯得多。他的大腿上刺了一條青龍，他屬龍。他最大的弱點，就是吸毒……」

「你吸過麼？」

「嘻嘻，不告訴你。」她哈哈笑起來。「吸大麻，做愛，飄飄若仙，那才能享受到人生最高的境界，那才理解什麼才是陶醉……」她闔上了眼睛。

于祥生也闔上眼睛，憶起醫學辭典上的一段話：

躁狂症，一種病因未明的精神病，可能與遺傳有關。以病態的情緒高漲、言語和動作增加為主要症狀，有自發緩解及復發傾向。

「我原想跟他結婚，可是這個人太庸俗，沒有一顆文藝細胞。不過，焦副總倒是一個最理想的性伴侶。」

于祥生想走。衣櫃上的座鐘指向一時五十分。窗外的雨已停了。

「你睡吧。你和我不能比。我可以三天三夜不睡覺。祥生，如果你睡不著，咱們繼續做。這回我在上面……」

他裝作睡了。不久，他終於昏然入夢。

醒來，窗戶一片陽光。于祥生漱洗過後，穿好衣服，從褲袋皮夾內取出二萬新臺幣，放在茶几上。他替呂娟加蓋了一床薄尼龍被，深情地向她瞅望半晌，才默聲離去。再見吧！過去蔡幹事的話說得對，年輕人的愛情是靠不住的。別再執迷不悟了。熱淚不由得從眼眶淌出來。他走到火車站買好車票，吃了豆漿燒餅油條才搭車去了臺北，轉清晨七時十分的自強號快車返回臺東。

于祥生提前返回營區辦公，引起一片騷動。因為他首先去福利社理髮部剪去頭髮，留了小平頭。吳師長在榮譽團結會上，公開表揚了這位以軍為家的典型人物。吳師長站在麥克風前，激昂地說：「于祥生同志從來沒申請過休假，唉，他這次去臺北請了一禮拜的事假。唉，這說明了什麼呢？于中尉根本不知道軍官有休假規定。唉，這才是咱們師的優秀幹部，這種人不出頭還有啥天理可言？他請了七天事假，只用了兩天，唉，他第三天早晨就趴在辦公桌上抄寫公文，我建議人事部門趕快給他占上尉缺，唉，讓好人出頭！……」

春雷般的掌聲，響徹禮堂。于祥生感動地熱淚盈眶。他想衝上臺去，向吳師長說：「我走錯了路，愛錯了女人，表錯了情！我從今以後洗面革心重新做人！」正在這時，那位身材魁梧肩上綴有一顆金星的吳師長，咧著嘴說：「于祥生起立，讓大家看看這個大好人！優秀幹部！」於是，于祥生在暴風雨般地笑聲和掌聲中，顫悠悠站立起來。

于祥生是那年年底晉升上尉的。

五十年代末期，從大陸來臺的老兵已呈現疲困麻痺狀態。一年準備兩年反攻三年掃蕩五年成功的神話，已開始幻滅、動搖，進而成為談話的笑料。身心苦悶的根源則是離鄉背井，思念老母只有夢裡團圓。有些老兵公然反抗管教，拒絕出操上政治課，師部「頑劣士兵管訓隊」便應運而生。隊職官軟硬兼施，三個月下來，人死不了也被剝去一層皮。進入「頑劣士兵管訓隊」如進鬼門關一樣。

于祥生調師野戰醫院上尉行政官，首先面臨解決的棘手難題，就是老兵陸泰南案件。這個原籍河南林縣從澎湖改編過來的老士官患風濕關節炎、肺結核病多年，近數月性情怪異，不服藥、不打針，也不接受轉入花蓮玉里陸軍肺病療養院。按照前任行政官簽註意見，將「陸員送往師部頑劣士兵隊管訓，以觀後效」，卷宗送到院長室，始終不作批示，因為這個簽註意見難以執行，即使勉強押進去，這個槓子頭老兵也會蹈海自殺。

于祥生到職第一天，便去病房看望陸泰南。他住在一間陰暗約莫二坪的單人病房。房內空氣污濁，光線昏弱，他輕輕拉開窗帘，睡覺的病員翻過身子，瞇著眼睛制止他：「關上關上，我的眼睛快瞎了！你拉窗帘幹啥？」于祥生聽到這熟悉的鄉音，如幻如夢，他將窗帘拉回一半，慢慢走近床前，輕聲問他：「你是不是在澎湖桶盤嶼地堡的陸班長，我是共產黨嫌疑犯于祥生呀！你還記得我的聲音麼？」陸泰南挪動一下身子，睜開眼睛，吃力地朝他打量。

「呂娟還活著麼？」驀然，他說出這麼一句話。

于祥生的心，怦怦直跳。「過去，你告訴過我，呂娟頭碰地堡岩石，死了。」

「呂娟並沒有死。她被送到馬公野戰醫院，後來押往臺北保安司令部。」陸泰南咳嗽起來。半晌，他繼續說：「祥生，當年我故意騙你，為的讓你忘記她，免得牽腸掛肚活受罪。我知道你和她有愛情，讓你死了這條心！」

于祥生激動得想抱頭大哭，他做夢也想不到這位病入膏肓垂危的人，卻還記憶著他當年被關押的舊事。他輕聲說：「我調來野戰醫院當行政官，我就是你的保護傘，誰敢教你離開此地，我會跟他拚命！不過，陸班長，你得聽醫官的話，吃藥打針對你有好處，你過去在澎湖不是也勸過我，咱們將來還得回大陸……」

「你是說夢話吧？咱們這一輩子回不了大陸嘍！『四郎探母』的楊延輝唱得對，」他停頓了一下，調整了喉嚨，竟然唱將起來：「要……相逢除非是……夢裡團圓……」

于祥生一屁股坐在椅子上，欲哭無淚……

5

自從去年夏季去臺北看望呂娟歸來，于祥生慧劍斬情絲，決心不再和她交往。這種斷然措施非常痛苦，由於工作的繁忙，時間的消逝，呂娟的影子也逐漸從他腦海淡化了。

那日清晨看報：「邵氏電影明星韋杰，已與同居女人宣告仳離。」于祥生有些納悶，仔細一看，才發現這位「同居女人」竟是「臺北女作家呂娟」。報紙上寫著：「呂娟因患憂鬱症多年，生活極不正常。近來因細故常和韋杰爭吵，使韋杰精神痛苦異常，所以終於下定決心宣告分居。據聞：呂娟進入邵氏影業公司擔任編劇三月，曾與一位鍾姓劇務人員發生戀情，是否導致她與韋杰情感分裂，尚待證實。」于祥生放下報紙，走進餐廳。

從他接任野戰醫院行政官，醫院伙食有了顯著的進步。早餐有稀飯、豆漿、包子、饅頭、油條、炒花生米、辣椒魚乾還有滷蛋。師部《弘毅報》記者曾報導此處的伙食色、香、味俱全，而且合乎衛生、營養標準。不過，今天早晨于祥生卻吃得不舒服，任何食物都味同嚼蠟。他想起呂娟，像吃下去一只隔夜涼粽子一般難受。

餐廳的人愈來愈多，醫官、護士、行政部門官兵，以及來野戰醫院探訪病員的家屬們。

進餐的議論紛紛，幾乎都是談起影星韋杰和呂娟仳離的事。雖然韋杰的影迷很多，但是呂娟的名氣卻也不小，因為她在澎湖時就在這個野戰醫院服務。現在醫院的老兵，都記得蜜斯呂的悲慘命運。

于祥生搭拉著頭喝稀飯。稀飯熬得既爛而香，濁水溪的大米，摻進去一些金黃色番薯粒，使人愈喝愈想喝。上月九日，吳師長特地清晨趕來喝稀飯，順便看望住院病員。野戰醫院的士兵背地罵街：「真倒楣！于祥生想升官，害得我們半夜整理環境。幹你娘，雞歪！」于祥生不知道士兵罵他，只知道炊事同志討厭他。他喝淨碗中的稀飯，正想離座，孫潛佛適巧在他對面坐下，跟他搭話：「行政官，你看報紙沒有？」他支吾著：「你是說電影明星韋……」孫潛佛插嘴說：「電影圈像垃圾堆，呂娟不該朝電影圈鑽。唉，她是一個非常純潔的女孩子啊。是這個時代害了她，得了精神病，落得這個下場……」于祥生隱約聽說這位年近半百的老光棍兒，曾經暗自追求呂娟，喜愛呂娟，結果竹籃打水一場空。他也知道孫醫官熱愛文學，讀書不少，過去政治部曾懷疑此人政治立場問題，直到現在，孫潛佛還沒有參加中國國民黨。

「你最近看了什麼書？能不能介紹給我看。」于祥生岔開話題。

「行。我馬上回宿舍拿給你。」孫潛佛咬了一口饅頭，挾了一粒花生米填進嘴裡。「最近我看張潮的《幽夢影》，妙極了。林語堂的評論非常貼切，他說這本書是那樣的舊，又是那樣的新……行政官！你是咱們師的文藝作家，你一定喜歡這本書……」

「孫醫官，你別這樣說話。論服役年資，你是資深少校，是我的長官；論年紀，你是老大哥；論學問，你是國防醫學院畢業，我只是一個流亡學生，你是我的老師……」

「胡扯，胡扯！」孫潛佛放下飯碗、拭嘴，離座。「走，跟我去拿《幽夢影》！」

野戰醫院職工單身宿舍，建築在餐廳後的山坡上。共有兩排宿舍，有一條長廊連接起來，宛如一個「工」字。孫潛佛的宿舍非常雅淨，櫥內擺滿文學、醫學的中英文書報。他從書櫥內抽出一冊輕薄的小冊子，翻出一頁給他看。

值太平世，生湖山郡，官長廉靜，家道優裕，娶婦賢淑，生子聰慧。人生如此，可云全福。

「你想，咱們這一代的人，享受到哪一種福？從少年時代便逢戰亂，先是打軍閥，接著打內戰，抗日戰爭，好容易打敗了日本鬼子，又接著內戰……咱們生在烏煙瘴氣的環境裡，貪官污吏民不聊生，老百姓使的牛馬力，吃的豬狗食，……我今年五十了，別說娶妻，連孫子也耽誤了……我跟『女起解』戲中的解差崇公道有啥兩樣呢？……」孫潛佛仰頭哈哈大笑起來。

「孫醫官！」于祥生拽了他一把，凝望著他。他的笑聲如泣如訴，讓人聽了渾身起雞皮疙瘩。

我給你看一幀照片。孫潛佛幽祕地從一本醫學辭典翻出一幀泛黃的黑白照片：呂娟穿著雪白的護士制服，站在澎湖原野戰醫院門前，面露笑容，朝著遠方凝視。她那花一樣的年華，煥發出無限青春的活力。「你應該認識她吧？她是你們煙臺聯中的同學。你們多純潔，多活潑，老實得跟蒸籠中的肉包子似的，都被他媽的三十九師的特務蹂躪了……我咒他祖宗八代，不得超生……」

「這不能怪他們。」于祥生說。

「不怪他們，那怪誰？陳誠、彭孟緝不批准，張敏之這七個人能被槍斃嗎？」

于祥生輕輕地放下呂娟的照片，伸出兩隻粗糙的手，捂住臉孔，默默流淚……

「我作了二十多年醫官，治好了不少人的病痛，可是這有啥用？他媽的，人生在沒有法治的國家，人的命跟豬狗一樣，任憑特務宰割、殺害；寧肯錯殺三千，不能放過一人，我肏他祖宗八輩兒！」孫潛佛像喝醉了酒，盡情發洩出埋藏在心底的憤怒與不滿。

于祥生拭乾眼淚，輕聲細語地說：「如果咱們替那些特務、劊子手想一想，他們是奉行命令。中華民國政府退到臺灣，已經無路可走，如果再有共產黨分子滲透進來，那豈不完蛋了嘛！當年，我被拘捕過，坐過地牢挨過扁擔受過電刑，當時我恨不得像呂娟一樣，一頭撞在石牆上自殺……」

「呂娟差一點死了。」孫潛佛說：「她從桶盤嶼抬到醫院，已經快休克了。唉，我搶救了她一條命，卻害了她一輩子。我是一個罪人！」

「亂講。你是她的恩人！」

「我研究過呂娟的病態心理，她少女時期被特務強暴，心理上受到傷害，後來患了精神憂鬱症。我認為她和韋杰同居，是不正常的心理決定的。唉！多可惜，呂娟是一個有才氣的作家呀！」

「她會恢復正常麼？」

「可以。不過，她要找到真正體貼她照料她愛護她的男人，而且她愛這個男人，這個男人必須有經濟基礎，而且有充分的時間陪伴她。這些條件說起來簡單，但是找到這麼合適的對象，比沙裡掏金還困難。」

于祥生默聲凝聽他的談話。想哭，卻哭不出來。

孫潛佛從抽屜裡取出一疊信，遞給于祥生：「這是過去呂娟寫給我的信。坦白告訴你，我追求過她，她並不喜歡我。這些信件，除了你以外，我還給一個譯電員看過，他會寫新詩，筆名流雲，你一定認識他。」

他驚訝地張大了嘴巴。「你怎麼認識他？」

「我給他開過盲腸。這些信你可別丟了，那可麻煩大了。」于祥生懷著既驚且喜的心情，走出孫醫官的宿舍。

孫醫官：

來臺北悠忽月餘。我已於昨日出獄，進入此間新生隊。在馬公時，若不是你為我輸血包紮，搶救我的生命，我今日難以撥雲見日，重見光明。過去我並不感激你，因為救活了我，讓我繼續接受疲勞審問。如今，我蒙受蔣總統偉大精神感召，決心追隨政府反共抗俄革命路線，完成反攻大陸事業。

目前我基本上已恢復了健康。不過，腦袋時常發脹，嗡嗡作響，猶如沈三白《浮生六記》所云：「夏蚊成雷，私疑作群鶴舞空。」有時，似有共諜在我耳邊廣播，勸說讓我去海濱等待船隻，俟機出海返回故鄉煙臺。這件事我已向保安司令部報備。孫醫官，你是我救命恩人，請你在不違反法令原則下，給我寄一些安眠藥片。因我外出不甚便利，而且每月零用金不敷購藥之用。

呂娟燈下草

敬愛的孫醫官：

今天放假，在一份軍中文藝雜誌上，看到我師的流雲的詩〈內科病室〉，此人我從未謀面，因他署名前印有「四六五四部隊」字樣，所以斷定是三十九師的官兵。

白色的長廊
擺滿移動的病床
病床的周圍黑暗蒼茫
不知是何時那個病床
推走過多少屍體的魂靈
是當今世紀
絕對孤獨的亡靈
絕對污染的亡靈

讀了流雲的詩，讓我獲得寫作的信心。若是我寫詩，可能超過他的水平。我曾熟讀過臧克家艾青袁水拍田間的詩稿。作為中國詩人，他的詩應具有民族風格。詩比散文小說難寫，這是不容懷疑的事實。

有一件祕史，我必須告訴你，我所以對文學有偏愛，因為我的母親是李清照的後代，而我父親的先輩，產生了一位偉大的戲曲家，就是關漢卿，關何以改姓呂，可能與戰亂有關。此事我曾受到批評，新生隊一位精神病科醫生說我患精神妄想症。真是胡扯八道。我已向隊長控告他，他一定是毛澤東派來的間諜，專門挑撥離間，打擊忠貞分子。隊長囑我稍安勿躁，保防部門已開始注意這位醫官，只要找到憑據立刻拘捕。你寄來的安眠藥片效力強，可否再寄一二瓶，請酌。

呂娟上

孫醫官：

久未通信，因為忙於應酬、寫作與讀英文，所以抽不出時間覆信，罪過。臺北的男人，宛如一群蜜蜂，終日在花叢嗡嗡飛鳴，讓人頭疼。誰讓我是一朵含苞待放的薔薇呢？

我想：趁著年輕，能玩就玩，我彷彿是清朝慈禧太后，每餐擺了幾十道菜，我用筷子每一樣挾一口吃，不吃白不吃，然否？

最近S將軍每晚派車子送我去美頓補習班學英文，他打算送我去美國留學。不過，讀英文引起頭痛，跟寫作不同。這是引為苦惱的事。祝願

可口可樂！

呂娟上

孫醫官：

好久沒寫信，實感不安。我已搬出吉林路，在北投租民房住。S將軍的腐朽生活，令人不齒。一個風塵女子冒充電影明星，吮他生殖器的照片，無意被我發現。我並非吃醋，而是覺得太不公平了。

昨天S派人送我二萬元，堵住我嘴巴。否則一定打斷我兩條腿，讓我殘廢終身。我不會懼怕他們。如果把我逼上梁山，我會亮出底牌，我是戴笠的私生女，告到蔣經國那裡，讓他吃不了兜著走！

為了我的安全，俟後來信寄「北投郵箱一〇二八號」為盼。

呂娟上

孫醫官：

信悉。你勸我趕快結婚，結束單身生活。不過，目前我並不想結婚，因為少女時代過得平凡而寂寞，若今日跌進樊籠，實在委屈。兩果說過：「戀愛變成結婚，如同甜美的葡萄酒變成酸醋。」趁著年輕，我還得多玩上幾年才過癮。

這些年來，我接觸的男人都比你年紀大。換言之，我最喜歡的是年近古稀之年的老人。因為這種男人穩重可靠、脾氣不慍不火、有學問有經驗且有經濟基礎，玩起來輕鬆愉快，不必耽心別人吃醋跟蹤捉姦吃官司。至於sex方面，活到六七十歲的老人，已到了爐火純青的境界。箇中滋味，難以言傳，總的來說，真是其樂無窮也。

桃園摸骨相士賈半仙說我要結兩次婚，命中無子。說我是賽金花轉世。看起來我這一輩子還要和德國男人睡覺哩。一笑。

此信請勿被別人發現閱讀，否則傳為笑柄。你是我的救命恩人，兄長，應瞭解我的坦率性情也。上次你寄給我的信，顯然被特務檢查過。媽的，讓他去檢查吧！我生父是蔣總統的忠實幹部、特務首領，我怕什麼？我咒咀這些檢查信件的手指頭長瘡，眼睛患白內障！

呂娟筆

潛佛大哥：

昨天是我第三次進行墮胎手術，那個色狼型的婦產科大夫，見錢眼開，見了女人的生殖器，恨不得趴下去啃它一番，真他媽的討厭啊！我已遇見過兩個色狼醫生，因此每當不慎懷了身孕，心裡就害怕。這種醜事我不敢告訴別人，因為你是醫生，你是救命恩人，我不講出這個祕密，心中極不暢快。

你看，我該怎麼辦呢？

算命師說，我是賽金花轉世。賽金花作過妓女，復嫁洪鈞出使歐洲各國，等洪鈞過世後，賽金花又嫁給一位鐵路職員。遍查史料，賽金花從未生過子女，她是怎樣避孕呢？難道她是一個石女？如果女人不懷孕多好，像男人一樣，只享受性交的情趣，卻吃不到性交後的苦果。

我初次和男人做愛是在湖南一座幽靜的農舍中。那時，我們流亡學校伙食極差，營養不良，初次和異性摟在一起性交，跟野狗交尾一樣，根本談不到樂趣或情調。而且心噗噗跳唯恐被農民或男女同學發現。不過，這個跟我初次做愛的男同學y，卻讓我悔恨交加。為了他的安全，恕我暫時不能向你公布他的名字。他是好人，文學修養不錯，他像俄國作家屠格涅甫的小說人物羅亭，言論上是革命家，但行動上卻是一個懦夫。我已經把y忘得一乾二淨了。恕我直白地說，y和您一樣，只是我的好朋友，卻不是我心目中的情人或丈夫。

過去你曾多次問我要和什麼條件的男人結婚？現在讓我告訴你吧：不管對方年齡籍貫，只要愛我隨時陪伴著我，如影隨形；我想逛街他陪我逛街；我想做愛他馬上脫褲子上床；我想下小館他得伴隨我下小館；我去美髮廳洗頭他得坐在美髮廳看小說等候……總的來說，他是我的情人丈夫和一隻雪白潔淨漂亮的獅子狗。

你能做到麼？一笑。

呂娟

孫大哥：

久未通信，歉甚。我於今年三月在臺北狀元樓結婚，婚後曾搭三菱丸客輪從基隆起航，赴日本橫須賀港登陸，在春光明媚的東京渡過為時半月的假期。我下船時，發現一艘從煙臺駛來的貨輪，遇見了堂兄呂新，他是商船上的大副。他會見了我的丈夫、光明眼鏡行總經理陳震。我堂兄勸我倆隨船返煙臺探親，看一看山東的最新面貌。我那位糊塗丈夫當即表態：只要中共准許來去自由，不刁難，不宣傳，他願意去。幸而我立刻提出反對意見，否則真是不堪設想。我說當年我隨山東流亡學校到了澎湖，為了追隨政府，響應蔣總統的反共戡亂建國號召。我表示革命道路是曲折的，前途卻是光明的。我對於過去在澎湖被捕、挨打，接受疲勞審問的往事，以及承認自己是共諜並進入新生隊的屈辱待遇，隻字不提。臨分手時，我託堂兄給我母親捎去美金八百元，說我已在日本結婚，生活幸福。我說罷嚎啕大哭起來。

蜜月假期回臺，我便跟陳震辦妥離婚手續。你不要驚訝，也不要責備於我，身上長了瘡化膿，應盡速把膿擠出來，才會痊癒。你是外科醫生，應該比一般人更為明白這個道理。陳震是花花公子，他會喝酒跳舞吸菸打牌泡妞兒玩保齡球，他結交的是舞女、歌星、電影明星和大官子弟，他看的書刊是電影畫報、黃色小說、美國最暢銷的*Play Boy*雜誌，他最愛駕駛名牌跑車，更喜歡蒐集電影明星照片，他通曉房中術，時常吞服春藥壯陽補腎藥，……總而言之，我和陳震沒有共同的語言，我不是禽獸也不是妓女，我需要的是伴侶和愛情，既然兩人無法溝通瞭解，倒不如各奔前程吧！

近來夜間多惡夢。夢見我隨呂新搭貨輪返回煙臺，一上岸，被捕。中共誣賴我是潛返大陸搞破壞活動的國民黨特務。我面不變色心不跳，仰天長笑：你們跟國民黨穿一條褲子麼？為啥國民黨也說我是共產黨派來的間諜？一笑。

呂娟

從這一封信起，呂娟幾乎每隔三、五月才寄信，泰半是問候信，很少提及生活情況。顯然地她在聲色犬馬的都市，已無提筆寫信的興致了。

6

那條不知名的急湍的小溪，溪水嘩啦嘩啦沖刷著圓滑的石子，像一條蟒蛇般地向那片海濱的綠叢蠕動。剛吹過去一場貝蒂颱風，原野呈現一派新綠的景象。溪水愈湧愈泛濫，從遙遠的山區村莊流沖過來的雨水，夾雜著泥沙和細碎的沙石，向著茫漠的東方流淌，最後匯入浩瀚無垠的太平洋。

太陽，羞慚地躲在一片褐色的魚鱗雲層內。偶而也會露出半拉臉，洒下耀眼的光芒。于祥生手遮眼眉向前方那片綠叢眺望，他發現那座療養院的白色建築物，隱沒在濃鬱的林叢間。當年，那位留日的醫學博士楊恩同，具有詩意頭腦和眼光，他在這濱臨太平洋的綠叢中建起「觀海精神病療養院」。有些人批評他過分愚蠢，既不為掙錢，也不為傳教，投下資金蓋這座專門收養精神病患的醫院作什麼？臺灣光復第二年，政府醫療機構曾想買下這個建築物，準備擴建成一座慢性病療養所。可是，楊恩同院長並不同意。當時，住院病患寥寥無幾，虧空太多，後來他回心轉意，想出讓療養院，但是那個醫療機關的官僚露出猙獰面目，妄想從中謀取回扣，楊院長是一個正派醫師，從此專心醫術，再也不跟官僚政客打交道。由於近十年來臺灣人口驟增，工商業急劇發展，精神病患者也顯著增加，而今「觀海精神病療養院」擁有一百二十多個病人，病房床位已呈飽和狀態了。

過去，于祥生從來沒有到過溪原村，更不知道這個類似桃花源人間仙境的村內還有一座精神病療養院。上次艾達颱風從臺東登陸，吹毀了溪原村的橋樑，因而使村民對外交通斷絕。師部派工兵營官兵搶修，並且送去了糧食蔬菜，而且派出醫療小組為村民服務。于祥生就是隨同前往溪原村的。

那座現代化的建築物，面對碧波萬頃的太平洋。樓高三層。有一座幽靜的花園。花園中花木扶疏，綠蔭夾道，不時聞到鳥語花香，令人為之陶醉。于祥生獨自在走廊漫步，不料從水池旁走出一個長髮少女，穿白衣工作服，外罩一件醬紅色坎肩，正瞪著一對水汪汪的眸子對他凝視。于祥生覺得面熟，不覺呼出對方的名字：

「啊呀，你……你不是……曼莉嗎？」

「我是林秀惠。」對方冷冷地應著。

「你在這兒做什麼？」

「清潔工。」

「曼莉，你和我分手這麼多年，到底躲在哪兒？想不到我在這裡碰上你！」

她機警地朝四面打量了一眼，帶著責備的口吻說：「你別曼莉曼莉的叫行唄，我是林秀惠，我早離開林厝公共茶室了。」說罷，她朝走廊旁的一間儲藏室走去。

驀然間，颱風尾巴捲起一場驟雨，嘩嘩下起來了。由於雨捎得緊，走廊上擋不住雨，剎那時于祥生淋成落湯雞，他正發怔，看見林秀惠站在儲藏室門前向他招手，他立刻飛奔而去。

這間約莫兩坪大的儲藏室，堆積的盡是廢物，噴水壺拖把窗帘破雨衣浴巾吸塵器榻榻米，還有舊書報雜誌。林秀惠找出一條比較乾淨的浴巾，替他擦乾頭髮上的雨水，免得受風寒。不料，于祥生獸性發作，趁門外風雨潑洒，摘掉對方的胸罩，掏出那兩隻雪白熟透的哈蜜瓜，就連皮帶瓤連肉中的瓜子啃食起來。接著，他索性剝去女人三角褲，把她推倒在破爛的彈簧床墊上，掏出褲襠的肉柱子，舂起米來。

風大，雨大。

嚎聲，啼聲，舂米聲，嚇得房內暗角的蟑螂老鼠四處奔竄。

這位被吳師長讚揚為「以軍作家楷模」的于行政官，唱起歌來如泣如訴，讓人傷心流淚。他一邊奮力舂米，一邊引吭高歌：「我愛我的妹妹呀，妹妹我愛你。憶當時……」他突然咬住女人的舌頭，問她：「你痛快不？」

女人閉著眼，連忙點頭。

門外的風雨愈加狂野了……

艾達颱風過境，軍愛民的事蹟在溪原村留下佳話。《弘毅報》、《精忠日報》、《更生日報》都以比較引人矚目的版位，刊載了這則新聞。不過，于祥生和林秀惠風雨中演出「軍民同樂」的戲劇小品，卻成為祕史，即使花蓮溪乾涸的一天，也無人知曉。

于祥生每逢星期天，吃過午飯，洗衣、檢查環境清潔，才換上便服，離開醫院。從醫院穿過一段平坦的道路，然後沿著河溪旁的碎石小路向東走，只需一刻鐘便進了溪原村。他跟林秀惠會面在海岸，坐在一起看海、聊天、擁吻，暮色蒼茫時，他倆再在柔軟的沙灘或草地上做愛。于祥生曾向她求婚，九九八十一次幾乎磨破了嘴巴，但是女人心海底針，她既不點頭也不搖頭，誰也不知道葫蘆裡賣的是什麼藥。

林秀惠是林厝村人，家境貧寒。臺灣光復不久，她父親參加了國軍，和許多東部鄉親、原住民同胞去了大陸，從此失去了訊息。她母親種菜養雞販賣水果，把阿惠撫養長大。後來不幸患了肝癌。阿惠就是在這段黯淡歲月取個花名曼莉進了公共茶室的。她愛于祥生，卻不願和他結婚，因為她不能再傷害母親的心。何況軍人待遇不高，她婚後是難以照料母親的。阿惠為了掙錢養家，為了割斷于祥生的一段感情，到了臺北。她洗心革面，重新投入勞動行列，進入恩仁綜合醫院做清潔工。有一天，她接到母親病逝電報，向院方請假。楊恩仁院長獲知林秀惠是同鄉，家境窮苦，除了贈送一筆奠儀和生活費，並且介紹她去觀海精神病療養院工作。

楊恩仁的胞弟，就是觀海精神病療養院院長楊恩同。

林秀惠離開故鄉半載，往事如煙，恍若隔世。她做夢也沒料想到那個追求她如醉如痴的大陸青年，如今又回到她的身邊。她感到驚喜、緊張、興奮、膽怯，她感到迷茫而惆悵，不知如何生活下去？

于祥生全心全意投入工作、愛情中，他感到無比幸福。那天傍晚，他剛走進餐廳，聽得孫潛佛醫官喊他。原來接到了呂娟的信，而且是「限時專送」信件。

孫醫官：

當你讀到我的信時，我已到了濱臨太平洋的溪原村了。久未通信，驟然提起了筆，確實覺得吃力，彷佛面對二十四史，不知從何處說起。近幾年來，醫生曾診斷我患精神分裂症。我決不相信醫生的鬼話。但是，冷靜檢驗我的思想感情狀況，我卻真的患有躁狂症、妄想症，以及精神衰弱等病。

上月初，我去臺北愛國西路恩仁綜合醫院看病，碰見一位老朋友，他就是這家醫院的院長楊恩仁大夫。我和他在五十年代初，都因牽涉共產黨嫌疑案，被關押在保安司令部。後來，在「靖康之家」接受革命教育，我倆又是同學。這位臺灣籍的醫生，質樸、木訥，不苟言笑。他也沒有文藝細胞。當時把楊恩仁逮捕起來，誣賴他是謝雪紅吸收的共黨外圍分子，真是冤哉枉也。我同情他，喜歡他，若不是他比我年長十五歲，我倒願意嫁給這位不懂政治的老實人。這只是笑話而已。

那天，楊恩仁和我談了十分鐘話，當時就勸我離開繁囂的臺北，到風景優美空氣新鮮的東部海濱靜養，一方面療治精神上的病症，同時也可以進行文學創作活動。我聽了不禁大笑。我既不是官宦人家少奶奶、姨太太，亦非企業家的夫人，我怎敢像《紅樓夢》中的賈政，擺脫官場生活，帶了大批金銀財物、奴僕丫頭搬到僻遠的山莊，為了村居養靜？

原來楊恩仁的胞弟也是醫生，他在溪原村開了一間「觀海精神病療養院」。楊大夫把我視作患難之交，他願意負擔我一半的住院費。我說將來一定償還這筆債，他爽快地說：「等青天白日滿地紅國旗飄揚在紫金山的一天，你再還債吧！」一笑。

孫大夫，你們師野戰醫院距離溪原村有多少公里？若是很近的話，我會去看望你的。

呂娟來溪原村療養，悠忽間過了兩個多月，由於環境清幽秀麗，而且每週和孫潛佛會晤，他倆宛如情人似的在園中散步、談話。眼看呂娟面色紅潤，身體健康，煥發了青春活力。每次孫大夫向于祥生談起此事，喜上眉梢，顯然地他已陷入愛情的漩渦中了。這讓于祥生既感到快樂，同時也產生妒忌心理。

為啥你來溪原村不寫信通知我，卻先通知孫潛佛？為了你，我被關進黑暗的地堡挨扁擔、過電療接受夜以繼日疲勞審問；漫長的冬夜渡過，當春天將要來臨，你卻投入別人的懷抱……他愈想愈生氣，愈想愈覺得煩躁、懊惱，心緒不寧。為了避免這樁事，他索性深居簡出，專心工作，再也不去和林秀惠幽會了。

下了一場雨，氣候驟然轉涼。于祥生覺得頭疼欲裂，一量體溫39.8°c。他吞服了兩粒阿斯匹靈藥片，睡了一天，卻轉成肺炎。只得搬進內科病房去注射點滴藥水。

朦朧間，他聽見有個女孩子喚他名字。定睛看時，原來是呂娟。他挽起她的胳臂，走向煙籠霧鎖細雨霏霏的田埂小徑。她哼著「淡淡的三月天，杜鵑花開在山坡上，杜鵑花開在小溪旁，啊……」他唱著「遼河的水呀松花江的浪，那樣的遙遠那樣的長，孩子們呀孩子們喲，母親在呼喚你……」驀地，從對面山林竄出一隻褐色的怪獸，瞪著燈籠般的眼睛，張開血盆大嘴，朝他二人撲將過來。說時遲，那時快，呂娟像一隻蚊虻被吞進怪獸的嘴裡，于祥生嚇得呼叫起來：「救命，救命啊！」

他睜開了眼。有一隻柔美的手，搭在他那微熱的額頭上。「啊，阿惠，你啥時候來的？」她穿著一套咖啡色洋裝，胸前綴著一朵百合別針。那一對水靈的眸子，朝他發出微笑。

「我剛來一會兒。」她坐下來說。

「我最近太忙，沒去溪原村看你。」于祥生囁嚅著說。

「你工作忙，難道兩個多月，每天都那麼忙麼？」她外表看起來柔順隨和，內心卻剛烈果斷，她忍不住發出牢騷話來。

于祥生壓低了聲音，編造美麗的謊言。「我到處找房子、看家具、準備填寫結婚申請表。我忙了一兩個月，我騰不出時間去看望你……」

「你打算跟誰結婚呀？」她的臉色泛紅，朝于祥生幽祕地一笑。

「跟你。」

「我怎麼不知道呢？」

「阿惠，將來咱倆結婚，我琢磨了好久，還是住在溪原村比較合適。你上班也近，而且那兒空氣新鮮，只是買東西不太方便。你說對不對？」

這確是埋在于祥生心底的事。阿惠聽了未作正面答覆。眼圈卻紅了，而且噙著晶瑩的淚珠。她掏出手絹拭淚。「你喜歡呂娟，為啥不早告訴我？你知道麼，我已經懷孕兩個多月了，害得我每天等你……」她的熱淚唰唰淌了下來。

于祥生激動地說：「你怎麼不早來告訴我？這是天大的喜事呀！」

阿惠從皮包中拿出一冊《野風》雜誌，遞給于祥生：「這篇小說〈山路〉是你寫的麼？」她翻出折疊的一頁給他看。

于祥生點了點頭。這是他最近寫的短篇小說。在戰火紛飛的年代，他離開故鄉，瞞著父母，和同學一起到了棲霞縣城，後來搭長途汽車去了煙臺。半途，碰上黃杰的十一師通信營抓兵，他因患繡球風症，睪丸腫得像泛紅的電燈泡，走路磨得褲頭疼痛至極。抓兵的嫌他是累贅，到了煙臺把他釋放，卻把他三個同學帶走。于祥生在煙臺逗留兩天，搭乘海安號客輪去了青島，參加了流亡學校。

那天，阿惠在呂娟的病房拖地板。聽見呂娟看這篇小說發出咯咯笑聲。她感到奇怪，抬起頭瞅望呂娟，呂娟適巧也在瞅她：「請問你，男人得繡球風病是怎麼回事？」阿惠聽了一怔，笑起來。「我不知道。」

呂娟把手中的《野風》雜誌，遞給阿惠：「你拿去看吧，這是我男朋友寫的。」

阿惠把那篇于祥生寫的〈山路〉看完，心裡非常氣憤。從她和于祥生相識相愛以來，她瞭解這個阿兵哥命苦，比黃連更苦；他既沒談過戀愛也未交過異性朋友，為何今天突然跳出一個精神病的女人，竟然是于祥生的女朋友！她覺得噁心也感到傷心！

有一天，阿惠在花木扶疏的庭園，遇見呂娟。

「呂小姐，你什麼時候請我吃喜酒呀？」

「你是指孫潛佛、孫大夫是不是？」

「是啊。就是那位戴眼鏡的少校醫官。」

「哈哈！」呂娟仰頭哈哈笑起來。「我這一輩子不會跟男人結婚；即使結婚的話，我也不會嫁給孫潛佛！」

「于祥生呢？」

「也不會。」呂娟說著流露出幸福的微笑。「于祥生是我初戀的情人。他愛我，一直死七白賴追求我。可是，我並不喜歡他。我來溪原村沒有告訴他。我怕他來纏我。」

林秀惠聽了這些話，心裡石頭落了地。但是，為何于祥生從她開始嘔吐起，已有兩個多月不見人影，這到底是什麼原因？是怕碰上呂娟，還是另結新歡，或是獲知她身懷六甲為了逃避責任索性不告而別呢？阿惠愈想愈不是滋味，最後鼓起勇氣親自跑去見于祥生，看見他躺在床上注射藥汁，面黃肌瘦，頭髮蓬亂，她不禁眼圈紅了！

陽光從雲層露出來，照耀著寂寞的河床和碎石小徑。阿惠騎著本田50CC紅色摩托車，迎著海風向煙籠霧鎖的溪原村奔馳。腦海一直浮現出于祥生那張蒼白的臉。過去，她想躲開于祥生，像呂娟所說的怕他纏她。可是，從阿惠懷孕以後，卻朝思暮想這一條纏她的蛇。她需要蛇的吮吸擁抱也貪戀它身上散發出的汗臭味腥羶味。過去在臺北時，她幾乎忘記于祥生長的模樣，為何現在僅離別兩個半月，她卻想得他心猿意馬想得他發狂，見面之後，她不禁性慾衝動，胯間的三角褲也濕透了。

穿過一片竹林，眼前溪原村在望。她打算在濱臨太平洋的村頭，租一棟磚瓦平房，等嬰兒降生以後，讓嬰兒看見浩瀚無垠的海洋，將來長大成人胸襟廣闊，目光遠大……她流下了幸福的熱淚……

7

陸泰南正像一隻土撥鼠，從去年秋天開始冬眠，睡在那間陰暗潮濕的特種病房內，他不服藥不打針也不出來散步，將近半年時光，整個醫院的醫護工作人員幾乎忘記了他，忘記世界上還有這麼一位五短身材矮矬的人。如今，土撥鼠出穴了，他穿著深藍色的病員服裝，趿拉著一雙咖啡色塑料拖鞋，在陽光下的碎石道上漫步。偶而他還會哼起了軍歌：

莫等待，莫依賴，
勝利決不會天上掉下來。
莫等待，莫依賴，
敵人決不會自己垮臺。

……

一個奄奄一息垂死的病人，如同一朵枯萎的乾癟的花瓣，而今靠著雨水的滋潤竟然現出了生機。雨水是甘霖，雨水是瞭解與同情，雨水是浩瀚無垠的大海樣的愛……

是誰挽回了陸泰南的青春和生命？既不是野戰醫院的醫官；也不是《蘇俄在中國》、《反共抗俄基本論》；更不是每到星期假日，身披杏黃色袈裟的法師帶了一群善良信女為他唸阿彌陀佛，還有一群戴近視眼鏡捧著黑皮《聖經》書本的教徒，站在病房齊唱「耶穌是生命糧……」

當穿著畢挺的陸軍軍常服，肩上嵌著三根亮晃晃的上尉肩章的于祥生出現在陸泰南面前時，那位不服藥不打針不接受任何勸告一心一意想死的士官，忽然眼睛亮了，心亮了。

「你還活著？這是陰曹地府，還是人間？」

當年，于祥生像一隻遍體鱗傷的泥鰍，被長扁擔揍得背上橫一道豎一道，有醬紅色、粉紅色，像小孩用蠟筆亂塗瞎畫的一般。陸泰南看在眼裡，記在心頭，他想：「這個頑固的共產黨徒為啥不招供呢？如果這樣打下去，即使死不了也得脫一層皮，豈不太傻了麼？」後來，他從那個小特務的嘴裡，聽到于祥生是個純潔的中學生，他是冤枉的，所有被關押的學生都冤枉，連被槍斃的張敏之鄒鑑劉永祥也都不是共產黨間諜，而是忠貞不二追隨政府的好幹部好黨員……從此，陸泰南心裡不平坦了，波浪似的湧過去，又翻湧過來……

于祥生和林秀惠熱戀時期，仍舊每日晨昏前往探視陸泰南，有時看他吃飯服藥喝牛奶，方才離去。他每月撥出一筆錢，囑咐炊事班長為陸泰南做母雞湯、豬肝湯增加營養，而陸泰南卻茫然不曉。

一日，陸泰南悄然問他：「過去在澎湖，你是政治嫌疑犯，我是看管員，你不但不記仇，還待我這麼好，這是什麼原因呢？」

于祥生只是傻笑，卻不作答。他也難以作答。這是難以撕擄清楚的問題。民國三十八年，大陸沉淪，只剩下臺灣澎湖金門馬祖和東南沿海一些地圖上找不到的小島，不執行寧肯錯殺三千，不能放過一人的殘酷政策行麼？不過，讓于祥生茫漠不解的是當初為何誣賴他是「新民主主義青年團員」。他不懂特務的話，特務把民主說成「民族」，他心裡直笑：「一個民族還有新舊之分麼？莫非年長的白髮皤皤的是舊民族，而青春年少的是新民族麼？」有時，于祥生發出這樣的遐想：過去阿Q被捕，罪名是「柿油黨」，阿Q目不識丁，他不懂啥是「柿油黨」便稀里糊塗畫押、伸出粗糙的手按了手印，便稀里糊塗被五花大綁，押赴刑場執行槍決；他繼而湧想起煙臺聯中張敏之校長的命運，跟魯迅筆下阿Q的命運有什麼兩樣呢？……他想到自己，若和張敏之、陸泰南相比，畢竟是幸運兒。

于祥生剛到野戰醫院，便翻閱了陸泰南的個人檔案。不看不知道，一看嚇一跳。原來他在澎湖時，在一次官兵榮團會上，當眾頂撞師副參謀長，軍法起訴被判坐牢半年。若不是蔣經國把士兵捧成「現代聖人」，雷厲風行禁絕打罵教育，照老三十九師軍法，一定把陸泰南活埋或是槍斃。

陸泰南是老三十九師的人，雖五短身材卻孔武有力，他不吭不哈，只悶著頭勞動。過去駐防安陽縣城，他攢了一捆捆的簇新的鈔票，裝在麵粉袋內。等到快撤退時，這些鈔票變成一堆廢紙。他氣得面如黃裱紙，趁夜闌人靜，提到荒郊把鈔票焚燒了。誰料此事被人告密以軍法起訴。

「你焚燒了國家發行貨幣是犯法行為，你知道不？」

「這是我積存的三年多薪餉。我不偷、不搶，犯的啥法？」

「為什麼你不把它化掉？」

「十八萬金元券一碗豆汁，二十五萬金元券一只燒餅。軍法官！你到公共廁所看一看，那麼多人用萬元鈔票擦屁股，他們犯不犯法？」

軍法官笑了。軍紀者，軍隊之命脈也。那位軍法官為了貫徹長官意志，將陸泰南判處有期徒刑三年，這則新聞傳播出去，震驚全國。國軍即將瓦解，竟有這麼一支守法守紀部隊，真是奇蹟。誰料想到陸泰南只蹲了十七天監獄，便隨軍撤退，在月明星稀夜登上空軍C46運輸機，到了澎湖。他派在三十九師軍法處當傳達兵，翌年調到離島看管山東流亡學生政治犯，等那些政治犯陸續槍斃用蔴袋裝石頭祕密填海，最後大批送進新生隊，論功行賞，陸泰南榮獲干城獎章一枚，調升師通信營中士班長。

陸泰南親眼看到那麼多質樸善良的山東青少年，冤死他鄉，內心發生急劇的變化。他不會寫文章，肚裡沒墨水嘴裡也講不出道理，即使講出來也犯了禁忌。他把一肚子牢騷與不滿發洩在女人的肚皮上。馬公戲院後面一條石子舖砌的小巷，有一家娼館。陸泰南每週來此，不問美醜胖瘦高矮，他發揚了孫中山先生博愛思想，從一號起一直玩到十五號，他成了名副其實的班長。他身強力壯，性慾特強，雖然不吭不哈，卻玩得那些姑娘鼻涕眼淚直流，嗷嗷直叫。最初，他是姑娘們心目中的王三公子、白馬王子；不到三個月，陸班長只要出現娼館門前，姑娘們嚇得雞飛狗跳，聞風而逃，像躲避瘟神一樣。

這是什麼原因？不知道。連娼館的鴇兒也不知道。

那日，陸泰南披著一件新夾克，白襯衣、灰色西褲。鬍子刮得非常乾淨，還塗抹了面霜。坐在娼館大廳籐椅上發呆。剛才他站立門前時，有妓女發現了他，一傳兩，兩傳十，頓時隱匿起來，像小孩兒玩捉迷藏遊戲，寂靜一片。陸泰南被矇在鼓內，啥也不知道。

這時，一個矮胖的年輕姑娘，笑瞇瞇從內屋走出來。一對膨脹的乳房，把上衣扣子撐開，讓陸班長心花怒放，臉紅心跳。

「你坐在這兒幹什麼？阿呆。」姑娘拉起他的胳臂，咯登咯登上了樓。進了房間，姑娘脫去衫褲，伸開兩隻雪白而粗壯的胳臂，摟住了他。貼近他腮邊低聲說：「上個月七號，你來跟我做過……你記得我叫什麼？」

「阿珠。」陸泰南胡猜一通。

「亂講。阿珠是七號。我叫阿菊，我是十三號。」

陸班長對於這位最愛叫床的矮胖姑娘，印象特深。他曾跟她春風一度，卻有繞樑三日、回味無窮之感。人不可貌相，海水不可斗量。只要老陸脫去短褲，進入她的身體，就如同電插頭插入插座，立即渾身搖晃不止，嘴裡也哼哼唧唧叫喚起來。這種人材打著燈籠也難找啊。

陸泰南愛上了洪菊，茶不思飯也不想，眼看他面色削瘦下來。雖然每到星期天放假，他去和洪菊鵲橋相會，但當兩人道別時卻難解難分，內心苦痛至極。老陸是莊稼漢出身，從小沒進過私塾或學校，而且也沒有談過戀愛，他如今覺得應該和洪菊結婚，才會解除痛苦。他把埋在心底的願望反映上去，通信營主管卻難以解決。五十年代初期，國軍官兵不准結婚，陸泰南是三十九師老兵，應該維護部隊傳統榮譽才是。他感到不是滋味。

那天，通信營召開榮譽團結會。師部秦副參謀長蒞臨指導。陸泰南吃了老虎心、豹子膽，竟然提起他和洪菊結婚的難題。他的牢騷話尚未說完，秦鴻範唬地站起來，制止他說：「你坐下，坐下。咹，聽我講幾句話。」他清理一下喉嚨，向全營官兵掃了一眼，厲聲地問：

「同志們！匈奴未滅，何以家為，大家懂不懂？」

「懂！」群眾報以春雷般地吼聲。

「作為一個現代軍人，應該有頭腦、有智慧才行。陸泰南，你為了喝一杯牛奶，何必去買一頭牛呢？你還得餵它青草，還要給它清除糞便，你有那麼多時間伺候它嗎？咹？」

群眾轟然大笑。

「報告！」坐在後面的陸泰南舉手，請求發言。

「你想說什麼話？咹。」秦鴻範兩手插腰，問他。

「您不能把人比成牛。人有感情會說話，牛沒有感情不會……您這是愚民政策！」

「放肆！」秦中校啪地一掌把桌上的茶杯打翻在地。「把他關起來，後果有我秦鴻範負責！告到臺北蔣主任那裡我也不怕！」拿起軍帽，揚長而去。

那時，蔣經國是總政治部主任，為了提高軍心士氣，禁止打罵教育，開展克難運動，基層士兵問題可以直接反映上告中央。秦副參謀長的一句話，便把陸泰南關進牢獄，原可把冤情反映到蔣主任那裡，但是三十九師仍有傳統軍閥風氣，官兵不敢也不願意揭露部隊任何事件，那些被編進來的流亡學生經過暴風雨般白色恐怖的洗禮，個個遍體鱗傷、心有餘悸、噤若寒蟬、不敢惹事。何況秦鴻範是從豫北來的老幹部，審訊拘捕流亡學生政治犯有功，他的話就是聖旨，連韓師長也不敢打折扣。陸泰南蹲了半載監獄，憤怒、鬱悶，最後化為無言的抗議。他出獄後，趕到娼館探望洪菊，卻不見洪菊的蹤影。有人說，兩個月前，她患急性腸炎，在醫院住了三天，後來回家了。陸泰南問洪菊家在何方？卻無人知曉。

陸泰南平時沉默寡言，不和任何人交往。從部隊改編調防臺灣東部以來，他牢騷特多，時常喝酒看電影泡彈子房，身上化得連一文錢也不剩，才拖著蹣跚的步子返回營區。幸虧于祥生調來野戰醫院，照料他、幫助他、安慰他，使他像隱匿於地層下的土撥鼠，爬出洞穴，重見天日。不過，土撥鼠出洞後立即尋找配偶，趁春光明媚季節趕緊交媾懷胎生育；但陸泰南自從和洪菊分別後，憂鬱寡歡，精神苦悶，對異性興趣索然。一次，他實在憋得忍無可忍，溜進特約茶室尋歡。他脫去衣服，在那鴿籠似的房內轉悠半天，始終難以靠岸進港。那位姑娘雖不甚漂亮，心地卻厚道善良，她先用手指揉搓，再以嘴巴吮吸，累得滿頭大汗卻徒勞無功。最後陸泰南耷拉著頭，像一名戰敗的俘虜，走回營區。

陸泰南有些恐慌、自卑。他思念洪菊，夢想有一日久別重逢，趕快完婚，以解除數年來相思之苦；但從他發現自己患了陽痿症，便開始膽怯，唯恐有一天遇上洪菊，他該怎麼辦呢？他悶在心底的祕密，告訴了于祥生。于祥生去問孫醫官，原來這是成年人性功能障礙毛病，大抵精神和心理因素引起。只要平日注意營養，鍛鍊身體，不久便會恢復正常狀態。陸泰南暗想：「只要身體強壯，沒病沒災的，將來反攻大陸回家鄉喝地瓜黏粥去。快四十歲了，還結啥婚？別讓阿菊陪著我受苦了。再說，我上哪兒去找阿菊呢？」他的心情開朗了。

那個飄著冷雨的傍晚，陸泰南在急診室換床單，從門外送進來一位患急性闌尾炎的軍官，他走過去，原來是秦副參謀長。

「報告副參謀長！」他啪地一聲施了軍禮。

秦鴻範臉色蒼白，頭額冒虛汗，睜著無力的眼睛，囁嚅著說：「陸泰南……你……沒走啊？」

「俺上哪兒去呀？報告副參謀長！」老陸咧開嘴巴笑起來：「離開部隊，俺倆眼烏黑，只有要飯；去閻王爺那兒報到，年資不夠，他也不准。」

醫官走過來診察病情，中止了他倆的談話。陸泰南像家屬似的陪侍左右，直到秦鴻範被推進手術室，他才坐下休息。

秦鴻範當年在澎湖抓共諜是元凶之一，他自恃對反共有功勛，便流露出驕傲自滿的作風。誰知道他做了傷天害理的事。大水沖了龍王廟，自家人不識自家人，原來被槍斃填海活埋的沒有一個是共產黨，都是誠實純潔老實得像饃饃似的善良子弟。秦鴻範從抗戰勝利那年晉升中校，來臺十載，肩上掛的依舊是兩朵生了鏽的梅花。他躲在被窩罵蔣介石罵陳誠罵李振清，但等翌晨進了辦公室，還是呼喊「服從最高領袖！實行三民主義！」口號。也許秦副參謀長的口號喊得不夠響亮，他佔了上校缺卻一直升不上去。三年前，這位老中校竟然變為「增設副參謀長」了。「增設」也者，非編制內人員，而是附員、部屬軍官或額外人員。秦鴻範身高一百七十八公分，英俊魁偉，年輕時是全師著名的籃球運動員。讓人感到訝異不解的，他一直沒有結婚，如今成了老光棍兒。

有人背後說他患陽痿症，有人說他性無能。謠言滿天飛。任何人也不敢問他，所以永遠得不到結論。不過，有關他的身體狀況，孫潛佛醫官最清楚，他倆是老戰友、好朋友，他這次的闌尾炎開刀手術，便是孫醫官主持完成的。

那年冬天，煙臺聯中師生張敏之等七人在臺北馬場町執行槍決。秦鴻範在馬公聽了這則消息，心花怒放，他指揮寧安小組以迅雷不及掩耳手段，逮捕呂娟，漏夜押往桶盤嶼進行審訊。只要呂娟供出煙臺聯中的間諜名字，便會一網打盡，結束這偉大的寧安計畫行動。這是掩人耳目的指示。那夜，秦中校親自在暗無天日的桶盤嶼地堡內，把呂娟剝光衣褲，進行疲勞審問。他首先誇獎呂娟眼睛長得像影星白光，比白光漂亮性感風騷。他炫耀自己本領強，他跟三名虎狼之年女人鏖戰通宵，卻金鎗不倒。

「哈哈！」呂娟竟然哈哈笑起來。

「你不相信，要不要試一試？」秦鴻範說著解開了褲扣。

「我問你，你過去見過我麼？」

「當然見過。六月二十八號，你從濟和號輪下船，我一眼看見你，我就愛上了你！」

「行，開始幹吧！」

這柔順地富於挑逗性的話，促進了秦鴻範周身血液的急迅循環，他脫去草綠色長褲、白色內褲，挺身向前，猛地抱緊了她。她宛如一匹羔羊，朝秦中校跪下來，用嘴巴含住那只鼓溜溜、油漬漬、熱糊糊的香腸。驀地，她像三天三夜沒進過一口食物的餓狼，喀哧一聲，咬得秦中校廉恥盡喪氣節蕩然呼天搶地跺腳罵娘。……寧安小組幹員漏夜把秦中校抬到馬公師野戰醫院，由於失血過多，差一點一命嗚呼。外科醫官孫潛佛雖然搶救了他的生命，卻治癒不了他的生殖器因咬傷而釀成的陽痿症。這件事列為絕對機密，外面人都不知道。

後來，寧安小組成員為了報仇雪恥，在桶盤嶼將呂娟輪姦，並且施以殘酷的性虐待，最後導致呂娟精神崩潰。羅織了一堆虛假的罪狀，送去了臺北保安司令部。

這才是呂娟真正的祕史。

秦鴻範在醫院住了八天，拆線後，出院。

孫醫官、陸班長和幾位護士送到門口，和他握手道別。當秦鴻範跨進吉普車，孫潛佛貼近他耳朵說：「你還記得呂娟麼？她在溪原村觀海精神病療養院。」

「啊！」秦鴻範驚異地睜大了眼睛。

8

林秀惠婚後不到兩個月，便挺起了懷孕的肚子。她梳起辮子，穿著藍色花格孕婦裝、牛仔褲、平底黑布鞋，騎著本田50CC機車駛過溪原村。誰也不會知道這位漂亮的少婦，在精神病療養院作清潔工，人家還以為她是哪家的老闆娘呢。

她的濱海新居是兩間水泥平房，雖家具簡單，但明窗淨几，推開門便可眺望碧波萬頃的太平洋。阿惠是一個愛唱歌的人，她時常打開電唱機，隨著輕快美妙的旋律，引吭高歌。將要做母親的女人，是多麼幸福啊！她沉浸在無邊的甜蜜夢境裡。

于祥生每逢週三、週末傍晚回家。他每次回來總帶回一些生活用品：布料圍巾肥皂牙膏花生油衛生紙嬰兒衣服，還有嬰兒保健書刊。阿惠批評他買得多、買得貴，甚至有些浪費。祥生不吭不哈，只是傻笑。阿惠摟住丈夫的脖頸，罵他為什麼不講話？是否做了虧心事？偷偷跑到療養院和呂娟幽會？屋內洋溢著一片笑聲。

晚上，他倆洗過澡，上床、做愛。兩人睡不著，阿惠便逗他談話。轉彎抹角，話題總會落到呂娟身上。

呂娟自從來溪原村療養，彷彿脫胎換骨變了。過去講話雲山霧沼，讓人丈二和尚摸不著頭腦；如今講起話來條理分明，邏輯嚴謹，像讀梁任公的散文一樣。療養院的醫師已經通知呂娟可以出院了。阿惠結婚，不但未發喜帖，而且還瞞住院方。這是于祥生預先和阿惠商量的方案。免得讓呂娟知道，激起她精神上的震撼與不安。

呂娟早已聽到他倆結婚，而且從孫潛佛帶來的結婚照片，看見了當年迫害她的秦鴻範。對於過去的恩與仇、愛與恨，呂娟彷彿視若過眼雲煙春夢一場，這是使孫醫官感到驚訝的事。最讓他茫然不解的是她不但不懷恨秦鴻範，而且對於他的潦倒現狀感到無限的同情。

那天週末，孫潛佛把此事轉告秦鴻範，秦鴻範俏皮地說：「她這是黃鼠狼給雞拜年。」

秦鴻範在豫北時的名字，原是秦鴻。他在三十九師作戰處當上尉參謀。個頭高，臉蛋英俊，站在隊伍中間，宛如鶴立雞群。過年師部舉辦軍民同樂會，秦鴻的一首「滿江紅」，博取群眾春雷般的掌聲。踩高蹺、玩旱船，秦鴻是第一把手。這支從舊軍閥沿襲下來的部隊幹部，對於這位既非出身黃埔軍校亦非從學兵隊幹訓班熬出來的官兒，早已有了偏見歧見與懷疑心理，何況他風頭健、是女人心目中的白馬王子，因此謠言四起，管人事的管政治考核的開始注意起來。「媽的！這小子要出頭，咱們的血汗豈不是白流麼！」豫北會戰那年，三十九師傳出作戰部門出了共諜，有人指名道姓就是秦鴻。

因為找不著罪嫌證據，便把秦鴻派到基層連隊作上尉副連長。也許秦鴻走運，在一次攻堅作戰，秦鴻代理第一排長身先士卒，攻下二〇五高地，士氣為之一振。戰鬥結束，三十九師師長召見。

「秦鴻！」

「有！」

師長皺起眉頭，問：「你為啥叫秦鴻？這是共產黨名字呀！林彪、陳賡、陳毅、賀龍、朱德、彭真、萬里、粟裕……凡是兩個字的，都是老八路、共產黨，你為啥跟著人家走？」

「報告師長，我父親不認字，我的名字是村長秦二爺取的。」

「我比你們村長官兒大吧？我來給你取個名字，秦鴻範，模範的範。中不中？」

師長取的名字秦鴻範，開始走紅，不到五年時間，從上尉升到中校，安陽撤退來澎湖，他已是占上校缺的師副參謀長。山東流亡學生八千名編進三十九師，大多數校長明哲保身，默不作聲，煙臺聯中校長張敏之挺身而出為山東青年請命。這些不學無術顢頇無能的舊軍閥，別看在解放軍面前是軟腳蝦，但在青年壯丁學生面前卻威風八面，壞主意毒狠手段一籮筐。秦鴻範為了求表現，爭取作師政治部主任，在寧安小組籌備會上發表激昂慷慨講話，主張以公開審訊、祕密處決的兩條腿走路方案，鎮壓煙臺聯中反對當兵示威行動。傳說當年內垵海灣鴨嘴崖跳海死亡三百多人，有半數以上是被灌了米酒，綁架押上鴨嘴崖，再由特務推下萬丈深崖，這是秦鴻範策訂的手段之一。

常走夜路早晚碰上鬼。秦鴻範暗殺了無數山東青少年，這些冤魂在陰曹地府串聯告狀。閻王爺大怒，通知臺北國防部總政治部主任蔣經國，不能讓劊子手升級出頭，這是秦鴻範作了十三年中校的原因，也是流傳於全師的荒誕神話。

秦鴻範走霉運，和抓共諜有關，他不知道，其他的人也不知道。他曾經背後罵皇帝，可能有官兵反映上去。不過，任你如何猜測，皆獲取不到真憑實據。秦鴻範的知心朋友，孫潛佛是其中之一。有一次，秦鴻範在酒後向孫醫官吐露心事：等退休以後，打算去澎湖漁翁島買一幢平房，地點就選在鴨嘴崖附近海濱，過起與世無爭與人無嫌的晚年生活。等有一天身染重病，活得不耐煩的時候，拄著枴杖攀上鴨嘴崖，蹈海自殺……

「那你不想回大陸了？」孫潛佛不解地問。

「唉！別做夢了。咱們這一輩子還能回大陸麼？」他發出一陣歇斯底里的笑聲。

秦鴻範的怨恨和牢騷，如同波濤洶湧的臺灣海峽。他認為當年抓共諜立下功勛，應該受到褒揚。孰料臺北一群山東民意代表為張敏之等人冤死上告，確定是冤案錯案假案。最高當局為了緩和山東人民憤慨情緒，採取大事化小、小事化無拖延策略，同時也將當初澎湖抓共諜的凶手，冷凍起來。秦鴻範卻堅持己見，抓共諜是遵照層峰指示辦事，如果錯誤，那是上級的責任，何以只讓執行者擔負罪名？這正是狡兔死走狗烹，飛鳥盡良弓藏。秦鴻範有一肚子委屈，無處申訴，他除了背後罵皇帝，夫復何言？

那日，孫潛佛邀約秦鴻範一起去溪原村吃喜酒，起初秦鴻範還猶豫不決。雖然他對於這位流亡學生出身，從戰士熬出來的上尉行政官，既喜歡又同情，但此人畢竟是秦鴻範一匹待宰的羔羊，當年在澎湖，只要秦中校的濃眉一皺，任何人立刻被捕被綑綁裝進蔴袋押上小船，趁月黑風高夜推下波濤洶湧的海峽。

如今，秦鴻範滿面風霜與皺紋，他對待任何人皆冷漠，漫不關心。即使有人向他哭泣下跪，他也淡然置之，拂袖而去。這種性格可能是長期在心底壓抑著憤恨鑄成的。

那日，孫潛佛再三央求他，天氣晴朗，又是週末。趁此機會去溪原村觀賞海景，多好！他說：「鄉村物價低廉，吃喜酒，送一百元，送禮者風光，受禮者實惠。再說，凡是進野戰醫院看病的長官，于祥生總是關心病情、關心伙食，噓寒送暖，鞠躬如也。」最後這句話觸動了秦鴻範的心，他參加了于祥生的婚禮。

結婚宴客在溪原村的小學禮堂。雖然只有六桌，卻非常熱鬧。男方的客人坐滿兩桌，以秦鴻範資歷最高，在眾人簇擁下，走向臺前講話。

秦鴻範調整了一下麥克風，清理一下喉嚨，朝著禮堂內的老的、少的、男的、女的、胖的、瘦的、美的、醜的群眾環顧一圈，開始發表演講：

「同志們！」

前面，有幾個光頭小學生哈哈笑了。引得全場客人哄然大笑。

「對不起。」秦鴻範更正稱呼。「各位貴賓、女士們、先生們。在今天于祥生同志，咹，先生……跟林秀惠小姐結婚典禮上，我代表全師的官兵同志，祝賀他倆百年好合，愛河長浴，早生貴子！」

春雷般的掌聲，淹沒了他的演講。

「我要向大家報告一個祕密，咹。你們不要傳播出去。這裡沒有新聞記者吧？咹。我告訴你們，新郎于祥生同志，原來是一個十七歲的中學學生，他是被軍隊搶救來到澎湖，他也是我去廣州把他帶過來的。現在，他成了臺灣女婿，我特別高興。如果他對待新娘不好，馬上通知我，我會灌他辣椒水，疲勞審問，叫他招供！」

客人聽了大笑。有些聽不懂的年長臺灣人，通過別人的翻譯，也捂嘴直笑，覺得這位官長會說笑話。只有新郎、詩人劉雲兩人相對苦笑，啞巴吃扁食，心中有數。當年，秦鴻範為了對呂娟採取報復手段，曾意圖將于祥生打成殘廢，灌醉押上鴨嘴崖推下海。他當時住在野戰醫院，無法親身過問此案，因而于祥生成為漏網之魚，使他引為憾事。這些祕史，于祥生茫然不曉。

過去的祕史，早已被海濤一波一波捲湧得無影無蹤。結婚成家，于祥生像在這座海島紮了根，他全心全意愛著阿惠，愛著她腹內的那一塊肉，也深愛著腳下的這一片褐色的土地。過去，于祥生和劉雲在一起，時常詛咒這個地方不好，颱風多、地震多，寂靜得如同黃土高原。曾幾何時，于祥生卻把這裡視作第二故鄉。每當他攙著阿惠在海邊散步，他總是不厭其煩地談論有關嬰兒的名字問題。他認為嬰兒降生下來，不管是男是女，都應該取個與海有關的名字。于海于波于漩于湧于清于湄……阿惠翻了半天字典，給未出世的兒女都取了名字，男的叫于清華，女的叫于湄。結果兩票通過此案。

年輕女人在這亞熱帶島上，生孩子比母雞下蛋還容易。不到三年，于清華噙著塑料奶嘴在搖籃裡哭，于湄躺在阿惠懷抱裡咧嘴笑，大抵剛吃飽乳汁的緣故。

于祥生只要回了家，脫下軍裝就開始忙碌家事。他的苦悶與心事，彷彿被嬰兒哭聲驅散了。三年前，他是在吳師長任內調來野戰醫院，他起午更忙半夜抱著士為知己者死的熱情，辦好行政管理工作。年底業務視察，每次皆被評為甲等，受到同僚妒忌，不少人背地攻擊于祥生是匪諜，在煙臺參加共青團，手捧紅花扭秧歌，高唱「解放區的天是明朗的天，解放區的人民真喜歡……」他巴結吳師長，為了升上尉，他恨不得讓自己老婆陪吳師長喝酒、睡覺。最可笑的，有人說于祥生那篇小說〈戰黃河〉獲得軍中文藝獎第三名，是抄襲共產黨的作品，他只把小說人物改了姓名，八路軍改為國軍，紅旗改成青天白日滿地紅國旗。謠言畢竟是謠言，不少關懷同情于祥生的人，從不敢把這些無稽之談轉告他。但是，有一天，剛到職不久的政治室中校主任蔡璞問他：「你手上還有共匪的文藝書麼？」于祥生說：「我從湖南到廣州，只帶了一本李廣田的小說《引力》，後來送給了呂娟，結果我跟她都變成了政治嫌疑犯。主任，我現在一聽到『文藝』就害怕，我咋敢再私藏共匪的文藝書？」蔡璞默然無語。

近幾年來，文學書籍出版的政治限制，比過去有了顯著的改進。剛來臺灣那些年，基於反共抗俄國策，凡是俄國文學作家如普希金、托爾斯泰、岡察洛夫、屠格涅甫、陀思妥耶夫斯基等人作品，皆列為禁書，令人驚愕可笑。到了五十年代末期，經過臺北一批作家討論，認為十九世紀作家，只有人道主義思想，絕無共產主義思想，所以才逐漸解禁，但是廣大文學讀者仍舊心有餘悸，不敢公開閱讀。

在山東流亡學生群，劉雲是個幸運兒。他從大陸帶來《馬凡陀的山歌》、《死水》竟然未被特務搜走，而且他趁著游泳的機會，把書用擦槍布綑綁起來，塞進海灘一塊黑色珊瑚石縫中。這個祕密只有于祥生知道。劉雲沉默寡言，不出風頭，毛筆字寫得特好。當同學們光著膀子站在炙熱陽光下齊唱「同甘苦、共患難，我們都吃大鍋飯」的時候；當同學們噙著悲憤的熱淚，伸出胳臂，忍著疼痛，讓別人用鋼針刺出「誓死反共」的時候，劉雲卻安靜地坐在譯電室內看電報稿，那時他已是占中尉缺的官佐了。

可是，三十九師改編那年，他私藏的一本薄薄的小詩集《春水》，卻被別人揭發繳到政治處。他不服氣，他說這些五四運動時期的小詩，是小知識分子苦悶憂愁的排遣作品，謳歌愛的哲學，和政治毫無關聯。

政治處的保防幹事，和藹可親，講話也慢吞吞地：「劉譯電員，五四運動時期的文人，沒有一個不是共產黨啊。關於這個問題，你老弟大概沒考慮吧。」

「什麼，我第一次聽到這句話。」劉雲笑起來。

「五四文化運動誰領導的？嗯，老弟，他叫陳獨秀，民國三十一年高血壓病死四川江津。這個人，共產黨創始人，沒錯吧？嗯？」

「不過……」

「沒有不過，老弟！《春水》是誰寫的？」

「冰心。福建人。她父親在煙臺作過海軍學堂校長。」

「別扯那麼遠。我問你，冰心現在住在哪裡？」

劉雲默聲搖頭。

「冰心原來跟她丈夫住在日本東京。她丈夫吳文藻在大使館工作。民國四十年他們坐船到了大陸投靠秧歌王朝了！冰心的書都成了禁書，你明白了麼？」

劉雲微笑點頭，似乎明白了一切。其實他始終不明白國共鬥爭，卻牽涉到一本歌頌母愛和純真的童心的詩集。劉雲更不明白，他和于祥生怎樣來了澎湖？是被出賣、被騙來的呢？這是所有八千名山東青少年朦朧不解的難題。他們只明白到了澎湖，他們在刺刀繩索下當了兵。

過去有幾位不願被侮辱與被損害的山東青年，曾北上請願，跪在孫中山銅像前舉行示威活動。他們說：「政府在戰火紛飛的年代，把我們搶救出來，感恩不盡。我們服役十載，也算報答了政府。如今我們皆已三十歲，應該准許退伍了吧。」不少群眾聽了山東青年戰士的哭訴聲音，搖頭、嘆息、流淚，甚而啜泣。後來這幾位青年被捕，關進監獄。

為了安撫這些卑微可憐的一群，政府終於採取應對措施。當初來澎湖的流亡學生，有的病死冤死自殺，有的投考軍校做了排連長航海官飛行員，有的做了教師小販司機或遠洋水手，也有像于祥生、劉雲這樣的從行伍擢升為文書官行政官譯電員，剩下在部隊當兵的大約三千人。政府委託花蓮師範、員林實驗中學辦師資召訓班，收容山東流亡學生身分的戰士，培訓兩年，分派臺灣、澎湖等城鎮小學任教。

雖然于祥生沒有資格前往學習、轉業，他獲知這個消息卻無比激動，最後趴在桌案前哭了！

八月，東臺灣熱浪滾滾，走幾步便汗流浹背。太陽隱藏在蟬翼色的薄雲裡，烘烤著乾涸的河溪和灼熱的大地。若是你仰頭朝太陽瞅一眼，宛如點了幾滴眼藥水，熱淚便會奪眶而出。

阿惠揹著一袋枕套和被單，穿過長廊，剛走到儲藏室窗前，聽得一陣女人呻吟聲、啜泣聲，放蕩不羈的低沉的歡樂聲。阿惠停住腳步，心噗噗直跳，褲襠慢慢濕潤起來。「幹你娘！吃童子雞吃上癮，大白天也幹起來了。沒見笑！」接著，阿惠聽見一陣刺耳的呼喚聲，頓時聲音消失，靜止。她揹起塑料袋走了。一個生過孩子的少婦，對於這種聲浪不僅熟悉、敏感，也覺得刺激、喜愛。那晚恰值週末，丈夫返家渡假。阿惠把兩個嬰兒哄睡，兩人沖過冷水浴，阿惠就一絲不掛上了床。

「你想做什麼？」祥生問她。

她把右手搭在恥毛豐盛的陰戶上，瞟了丈夫一眼。「你不想呀？」

祥生笑了。轉身熄滅了燈。窗外的月光洒在阿惠那皙白誘人的胴體上。

「今晚上，為啥你這麼衝動？」他不解地問。

「有人挑逗我。」

「誰？」

「呂娟那個騷屄。」

「哈哈！你文明一點行唄？怎麼山東人的骯髒話都被你學會了？」

「你不是說，這是鄉土文學麼。」

雖然阿惠和祥生結婚生了兒女，但她對於呂娟仍懷著千絲萬縷的妒忌與戒懼心理。呂娟的躁鬱症，根本不需住院療養。因為楊恩同院長經常公出，留下一堆書信函件乏人處理。呂娟文筆不錯，便作了院長祕書。楊院長的長子楊伯山，現任花蓮師範學院講師，他放暑假回家，常到療養院散心。呂娟比楊伯山大六歲，知識經驗豐富，贏得青年男子傾慕，於是兩人眉目傳情，言語挑逗，不久兩人在儲藏室做愛的聲浪傳播出來。阿惠起初半信半疑，她既不聽信謠言也不傳播謠言，何況呂娟還算她的情敵，想不到今天中午誤闖白虎堂，聽到這麼風流香艷讓她消魂陶醉的聲音，她怎能抑制自己的青春性慾呢？

當他雄猛地躍過馬背進入她的身體，阿惠觸電似地發出顫抖與哀嚎。嚇得剛滿週歲的于湄攥著兩隻小肥手，打了個哆嗦。

「你咋這麼浪？」男人糗她。

「比不上你們山東女人浪。」她說。

祥生啞巴吃扁食，肚裡有數。阿惠是吃呂娟的醋。祥生用了一把勁，搗得身下的敗將唉聲嘆氣、淚眼朦朧，跨襠間分泌物直流。「呂娟最近怎麼樣？」

「很……幸……福。」

「怎麼……幸福？」他喘了一口氣。

「一天到晚寫稿子，看報，談情說愛，幹你娘！吃童子雞！」

阿惠的話富於煽情富於挑逗，他頓時感覺周身的血液加速循環起來。寂靜的僻遠的濱海小屋，他們毫無怯懼肆無忌憚吮吸著、擁抱著，汗流浹背播耕著豐沃的土地。她閉著眼睛，赤裸皙白而稍顯發胖的胴體，擺出一個大字的姿勢，充滿青春和歡情迎接男人的忽緊忽鬆的攻襲。

「吃它，吃它。」女人歇斯底里叫著。一隻手揉著胸前白花花的乳房。

祥生低頭咬住，吞進半隻熱糊糊的奶子。他聞到一股奶汁氣味。

黎明前的攻擊號聲響了。于祥生手握衝鋒槍，勇敢地朝著目標進襲。阿惠終於嗷嗷叫起投降的啜泣聲……通過一段喘息與擦拭汗水、穢物的過程，男人摟住了她，低聲說悄悄話：

「別羨慕楊伯山，人家是溫室的花草，我是野地裡的蒺藜；人比人，氣死人！」

「我才不羨慕他哩。他只比你有錢。論本領、貌相，他哪一點也比不上你。」

于祥生偷偷笑了。

「我從小就夢想當教師。阿惠，你知道麼？我可真是羨慕楊伯山，他是大學講師。我只想將來當中學教員，這是我最大的願望。我曾跟李組長講過，他現在鳳山陸軍士官學校當總教官。可是我沒有學歷，不能當教官。他媽的，國民黨樣樣都講究學歷，沒文憑，諸葛亮連一個軍委四階文書員也幹不上。」

去年暑假，李輝率領陸軍士校招生組來花蓮，曾邀約于祥生去士校作行政組長。過去在澎湖，若不是李輝把于祥生從連隊調到作戰組，他如今可能還是士兵，或是進了師資訓練班轉業作了小學教員，但李輝總是他的恩人。他們倆具體交換了調動的得失：過去，于祥生因受到吳師長賞識和表彰，調來醫院晉升上尉，但吳師長走後，這個流亡學生出身的行伍軍官便被冷凍。因為軍隊幹部是從軍事院校培養提昇起來的。于祥生幹了四年上尉，人事部門盼望他調走，騰出位置給資深中尉佔缺。擺在眼前的出路，只有佔少校缺才是正途。若是于祥生想在原部隊佔缺，那比沙中掏金還要困難，如今老長官李輝想調他去士校佔少校行政組長缺，豈不是最好的機會？否則，他便調為部屬軍官，將來有依額退伍的機會。

于祥生早有離開部隊的打算，過去師部人事部門鼓勵他投考軍事學校，他和劉雲總是置之不理。如今，他仍舊婉拒了李輝的提攜美意，決心調為師部屬軍官，工作輕鬆，他可以有充分的時間準備功課，投考師院夜間部。阿惠見丈夫有志向學，滿懷信心與希望。她首先在學校附近租了一棟二十五坪的樓房，樓上住家，樓下開麵館。阿惠起初和一位親戚合伙經營。擺了七八張竹桌，牆壁上貼了麵點樣品和價目表。由於阿惠煮的牛肉湯、豬骨頭湯味道特香，她親手煮的各種麵條好吃，所以吸引了不少師院學生。開張不久，生意興隆，每值午飯、晚飯時間呈現大排長龍的景象。

于祥生每天下班回店，見生意興旺，阿惠累得汗流浹背，心中有些不忍。他說：「咱們別做生意了，等我退伍以後再做吧。若是把你累壞了身體，我會後悔一輩子！」阿惠反對他的意見，她勸丈夫專心溫習功課，投考夜大。那年暑假，于祥生順利地考取師院國文系。

開學以後，于祥生成了班上風雲人物，他常在《更生日報・副刊》發表作品，不少同學崇拜他。班上選舉「班代」，公推他出來領導，形成眾星拱月之勢；于祥生面有難色，卻難以啟口。因為他白天在軍隊上班，幫助家事，而且還做麵館生意。

「我今年三十二歲了，請你們同情我，不要陷害我……」于祥生站起來，向全班同學發表講話：「最好選一位年輕有活力的女同學做班代，行不行？」

「不行！」呼喊聲、尖叫聲，混合著狂笑聲。

「你們不能欺侮于祥生！」驀地，從教室後面響起反抗聲音。全班男女同學立刻靜寂下來，眼光集中在那位短髮、大眼、黑皮膚、修長身材，有原住民血統的女生巫姍的臉上。「他是現役軍人，他讀書不容易，他要照顧兒女，選他做班代才真是陷害他！」巫姍的充滿激情的聲音，震撼著于祥生的心。

「那……我們選巫姍當班代，好不好？」一位女同學站起來說。

春雷般的掌聲，淹沒了同學們的談笑聲……

巫姍做了班代，不但犧牲了不少自修時間，而且惹了許多無謂的閒氣。于祥生看在眼裡，愧在心頭，他感激她，恨不得走向前去握住她的手說：「當初是你偏袒我才落得如此下場，我對不住你我敬佩你我愛你愛你愛你愛你……」于祥生愈是喜歡她愈是不敢和巫姍接近，唯恐引起同學們的猜忌與閒話。他們平常見面，只是淡淡的一笑。巫姍那一對水靈的眸子凝望他，讓他心虛心跳。

于祥生把埋藏在心底的愛情，寫成一篇小說，發表在花蓮《更生日報・副刊》上。清晨，他剛走進辦公室，便接到劉雲的電話。劉雲高度讚揚這篇小說寫得好，有點近似郁達夫的風格。劉雲批評小說男主角的名字趙愛山取得不好，稍嫌平凡、通俗，沒有詩意。因為辦公室人多，于祥生怕別人討厭，所以他哼而哈之敷衍了事，也不作任何解說，便撂下了話筒。

這篇感人的短篇小說，寫出一個外省軍人追求臺灣姑娘的喜劇。作者筆下的女郎，爽朗熱情勤勞質樸，它的可取處在於擺脫傳統愛情小說的窠臼，創造出充滿青春氣息的風格。年輕男女正是做夢的季節，看了于祥生的小說，非常好奇，他們藉著吃麵的機會來瞻仰阿惠的風采。從早到晚，川流不息，甚至師院「文藝研究社」的《星海》雜誌也派記者採訪了林秀惠，還為她拍照。阿惠並不以此感到榮耀。她深愛丈夫，只巴望他五年後畢業，拿到文憑，作了中學教師。

那晚，等麵館打烊過後，洗刷完竣，已近凌晨一時。孩子早已睡熟，兩人在樓下浴室沖過淋水浴，索性原地翻滾扭纏做愛，磨蹭了將近一小時，汗水黏附著皂屑汗毛及灰塵，像兩隻從河溝撈起的泥鰍，於是重新沖淋水浴，才相擁上樓。

「你別寫這種愛情小說了，行唄？」

「為啥？」

「一來耽誤時間，掙不了幾十塊錢稿費；再說，惹這麼多麻煩，多不划算！」

祥生偷偷笑了。

睡意朦朧間，他隱約地聽到阿惠在輕聲嘮叨：「你要再寫愛情小說，我就跟你分床。我發覺從你上了夜間部，花樣比以前多了……」

阿惠在丈夫頭上澆了一盆冷水，使他恢復了理智。于祥生如今才想起自己的身世和走過來的路：一個混身髒兮兮連一雙襪子也買不起的流亡學生，所有的同學被迫編進軍隊怨聲載道淚流滿面，而他卻沾沾自喜，因為當兵後領到蚊帳軍毯毛巾肥皂和薪餉，他的舊棉被在湖南衡陽遺失，每夜像乞丐般用破毛巾綑裹起來睡覺。他被捕以後挨打、吃鹽水泡飯。他如今娶妻生子讀了大學，從地獄上了天堂，卻忘記自己姓啥叫啥，這不是作孽是什麼！

于祥生輾轉床側，難以入夢。他思前想後，覺得對不起他的情人牽手妻子和偉大的聖母，他低聲啜泣起來……

一隻溫暖柔軟的手，握住他的胳臂。「你怎麼了？」

「我做了一個惡夢。」祥生說。

「夢見什麼？」

「我夢見你離開我，帶著孩子走了。」

「不會的。」阿惠轉過身子，一隻腿搭在他的臀部。「我正打算買一棟國民住宅，二十五坪，有十五年低利貸款。祥生，咱們幸福日子在後面呢。」

于祥生用睡衣袖口拭去眼淚，睜開惺忪的眼，發現玻璃窗已浮現出魚肚白。

翌晨，于祥生從《更生日報》上看到一則新聞：「軍中青年詩人、《海王星詩刊》編委流雲，昨夜載女友巫姍自天祥返花蓮途上，不慎將機車滑落山谷，兩人被送往慶安醫院。」于祥生看了這則新聞，心中一陣慌亂，急向醫院奔去。

從祥生結婚以後，劉雲便很少與他往來。劉雲寫詩、追女孩、讀英文補習班，沾染了一派庸俗的氣息。他的愛情哲學不切實際，充滿浪漫主義氣息。他最服膺法國詩人雨果的話：「戀愛變成結婚，正像香醇的葡萄酒變成酸醋。」他曾跟于祥生說過：「咱們經過苦難的歲月，今後要過舒服日子才行。然而，憑咱們的本領，即使拚死拚活也買不起一棟高樓大廈……」于祥生聽得刺耳，打斷了他的話：「咋辦呢？是搶劫、貪污還是去偷？」劉雲搖頭微笑：「NO，咱們要娶一個企業家的女兒，只要結婚，汽車洋房股票一齊來，讓你少奮鬥二十年！」

「哈哈！」詩人流雲笑了。

「哈哈！」于祥生也笑了。

「最近，我收到小說家柳雁的信，他的話很有現代眼光，咱們應該學習。他說一個作家，若想成名，首先要打知名度。你要有計畫的投稿，這幾天在《更生日報・副刊》發表一篇，過幾天再在臺南《中華日報・副刊》發表一篇，再過幾天在臺北《中央日報・副刊》擠進去一篇，再過幾天在高雄《臺灣新聞報・西子灣副刊》刊登一篇，讓讀者腦袋裡記著流雲流雲

流雲流雲……那你就成名了。記住，不要只在一份報刊上發表詩或小說，這是柳雁的戰略眼光，你覺得如何？」于祥生悶聲不語，心裡暗想：「庸俗、可憐，這種話若是被曹雪芹、魯迅聽到，他們一定在陰曹地府跺腳罵娘！」

過去，于祥生是非常佩服劉雲的。可是從劉雲的觀念異化以後，他彷彿跟劉雲劃了界線，彼此不再往來。但是當他看到劉雲受傷的消息，心裡仍是非常焦急。他趕到慶安醫院，才知道劉雲已經出院，巫姍仍舊躺在急診室打點滴。從面色神情看來，並未受到任何傷害，他握著巫姍的手笑了。

昨夜天祥霧靄濃重，劉雲駕著機車穿過彎曲山徑，由於視線模糊，車子駛入山澗，卻滑落在一條溪水中。因此兩人被救起，並未受到創傷。不過，昨夜救護車把他二人送到醫院，劉雲竟跟《更生日報》記者發生爭執，這卻讓巫姍覺得尷尬萬分。

「你跟你女友是怎麼滑進山溝裡的？」記者問他。

「我是現役軍人，最忌諱牽涉任何社會新聞。如果你發布我的身分，我是《海王星詩刊》編委。」

「那你女友也是詩人？」

「是的。她是現代詩人。」劉雲咬文嚼字，慢吞吞地說：「巫姍是我詩友、文友，不是女友。」

「文友、女友，差不多麼。」記者反駁他的話。

「差遠了，先生。若是這場車禍出了命案，你可得替我找律師、打官司、進法院。」劉雲的話，證明他以自己榮譽前程為重。他和巫姍的交往，雖有愛情，但卻不肯犧牲一點皮毛，甚至虛浮的輿論。原來醫師囑咐他倆住院數日，等經過檢驗觀察後再返家休養。但是劉雲怕惹麻煩，今晨匆促辦妥出院手續，一走了之。

巫姍睜著兩隻熱淚盈眶的大眼睛，對于祥生苦笑。「大難不死，必有後福。也許我跟劉雲分手以後，會找到一個理想的男朋友！」

巫姍的話，顯然是給于祥生一個暗示，于祥生心底一陣熱，趕緊低頭瞄了一眼腕錶，他說上午九時開會，他得走了。

天上烏雲湧捲，不時飄下幾滴清冷的雨絲。他騎著機車向前急駛，腦海中湧現出楊伯山的英俊的面孔。楊伯山是花蓮師院校園的銀鼠，潔白光滑而漂亮，它是絕不能沾染一粒灰塵的。如果有人想逮捕它，易如反掌，只要在它走過的地方灑下一點骯髒物，它會趴在原地不動，等待拘捕。這種有潔癖性格的銀鼠，一年到頭只在教室、圖書館轉悠，他們讀死書死讀書讀書死，他們也教死書死教書教書死。他們分不出菠菜空心菜高麗菜，也不知道學生給他取的綽號。他們自私驕傲孤芳自賞，他們像舊社會跑江湖最痛恨的典型人物——上炕認識老婆，下炕認識鞋。于祥生想：「劉雲的性格，豈不也跟楊伯山差不多，屬於銀鼠輩麼？」

于祥生到了營區，便得知孫潛佛考取軍醫留美訓練，將於月底出國。他馬上打電話向孫醫官道賀，並約定時間為他餞行。孫醫官告訴他一則驚人的消息：「楊伯山、呂娟婚姻破裂，呂娟服大量安眠藥片企圖自殺，經過灌腸急救脫險，現住在師野戰醫院內二病房。」

為什麼為什麼為什麼自殺，大江大河汪洋大海都平安過來了，為何到了今天還想不開呢？思前想後，于祥生悲從中來，最後忍不住掩面啜泣。

10

當初呂娟纏上楊伯山，大抵是為了享受性的歡愉。由於兩人房事過多，整得楊伯山面黃肌瘦，雙目呆滯，在教室講課有氣無力，有時寫黑板字連粉筆也捏不牢，彷佛失去靈魂一樣。

楊伯山是一個在溫室長大的知識分子。他年輕英俊，戴一副金絲近視眼鏡。他是富家子出身，開一部黑色賓士轎車，車內放著吉他、XO洋酒、*Play Boy*畫報。他的英文不錯，由於受到父輩影響，日文很流利，他當年參加大專聯考原想攻讀西洋語文學系，但是由於數學考得太爛，最後勉強擠進中文系，這是他平生引為最大的憾事。他雖年僅二十六歲，卻不是童子雞，他性經驗非常豐富，他從十七歲把一個十五歲的女同學搞大肚子，幸而家裡拿出十萬新臺幣，擺平這件醜事。從此，他日過舞女歌女落翅仔女同學百貨公司售貨員，胖的瘦的高的矮的，花蓮人閩南人原住民客家人福建人河北人遼寧人甘肅人，少說也有一百二十人，可以編成一個連，他就是連長。他的本領強，藝高膽量壯。他可以同時玩五個女人，而且不影響生活秩序。他最高明的是玩過就隨手甩掉，像吃口香糖一樣，決不拖泥帶水，決不讓女人懷孕。

常走夜路，早晚碰上鬼。楊伯山千不該萬不該剝下呂娟的三角褲，發洩肉慾。他原想近水樓臺先得月，卻料想不到身陷泥淖，躲不了，賴不掉，也走不了；呂娟強迫他每週房事頻仍，搞得他頭暈眼花、腰酸背疼，最後舉起兩隻軟弱無力的手臂投降，和呂娟結婚。

他們的婚姻，只有肉慾，沒有絲毫愛情，甚至沒有共同的語言。楊伯山是文學系講師，他的學問知識僅局限於書本上，卻比不上呂娟閱讀層面廣泛：楊伯山宛如一隻關在竹籠裡的來亨雞，啄食的是飼料，飲的是自來水；呂娟卻像終日在荒草湖坡覓食的土雞，它啄食的是糠粃、糟粕、蜈蚣、蚯蚓、糞粒、種籽、乾果、蟋蟀、螻蟈、黍米、野菇……它飲的是山水泉水澗水雨水和河溝裡的水，因為土雞汲取了大自然的精華，所以它的肉質遠比來亨雞醇香而富於滋養。

呂娟有詩人氣質與情感，她能創作散文隨筆和小說；那位華而不實的學院派楊伯山只靠著講義課本講課或寫論文。一個是熱帶的蟒蛇，一個是寒帶的北極熊；一個是大海中的鯊魚，一個是沙漠裡的駱駝，誰也不認識誰，誰也瞧不起誰。

楊伯山為了躲避呂娟，找出一切藉口留在學校宿舍，免得回家抬槓、做家事、做愛。呂娟看在眼裡，氣在心頭，最後使出了撒手鐧。

那晚，楊伯山滿臉酒氣回家。脫去外套，摘下領帶，向沙發上躺下來，看報。

呂娟打開冰箱，為丈夫倒了一杯鮮桔汁，另加二粒壯陽丸，殷勤地遞給他。楊伯山把藥丸放進嘴中，冷冷地發出一聲苦笑。「哼，你就記得這個。」

「嗯。」她故意撒嬌。「我跟你不一樣，離開男人那個東西睡不著覺。三十如狼，四十如虎，我今年三十五，正是虎狼之年呀！」

「去去去，別讓我噁心好不好？」男人用胳臂推開她，拒絕她的胡攪蠻纏。她忍氣吞聲走開，哈哈大笑。

那夜，呂娟使盡渾身解數，以爭分搶秒戰術，整得男人啞巴吃黃連，直到破曉時分，幾乎瀕臨脫陽狀態。翌晨，楊伯山再也無力起床，睡到傍晚，勉強支撐著身子走進洗手間。喝了一杯牛奶、一瓶雞精，才換衣出門去夜間部上課。

那晚楊伯山一進家門，便向呂娟提出離婚要求。所持理由是女方患精神分裂症，楊伯山已握有診斷證明書。兩人談判了半夜，最後達成三項協議：

一、男方賠償女方新臺幣一百萬元，二十五坪房屋一棟，作為生活費。

二、准許女方繼續擔任觀海精神病療養院總稽核，工資照常核發。院方不得藉任何理由予以解聘。但女方自動提出離職除外。

三、自即日起，男婚女嫁各有自主權，互不相干。

呂娟從頭到尾，心情平靜，既不爭執，也未流淚，甚至兩人找來證人簽字，一起去市政府辦註銷婚姻手續，換領新身分證時，她也保持著優美的風度。誰會料到等她返回家，她卻忍不住嚎啕大哭起來。

那日，孫潛佛接到呂娟一封限時專送信函：

潛佛大哥：

當你看到我這封信，我可能已停止了呼吸，離開了人間，到西方極樂世界去了！過去，我在瀕臨死亡的邊緣，是您救活了我，我感恩不盡，如今回憶前塵，卻認為您害了我，害我多受了十餘年感情折磨。

巴爾札克說：「朋友，你不要結婚，更不要有孩子。你給他們生命，他們卻給你死，你把他們引到這個世界上來，他卻把你推出這個世界去！」孫大哥，你直到現在尚未結婚，你是幸福的，你的抉擇是正確的。願你在人生的道路上，如意美滿，直到終老。

在我們永別的前夕，讓我告訴你一則祕密：那年中秋夜，咱們在海邊賞月、飲酒、吃月餅，我躺在你的懷裡，聽你唱臺灣民謠「望春風」，你那渾圓有力而帶有磁性的男中音，讓我渾然陶醉：

孤夜無伴守燈下
清風對面吹
十七、八歲未出嫁
想到少年家
……

那夜，月亮讓我瘋狂，你的歌聲讓我瘋狂。我原想和你擁抱、接吻、做愛到天明。讓我把靈魂和肉體毫無保留奉獻給您。但是，您是柳下惠，坐懷不亂；您是純潔的處男梁山伯、Romeo，我是曾被特務姦污過的爛貨。在您面前，我有高不可攀、瓊崖莫達之感。那夜你走後，我哭了！那是我終身最難過的中秋夜啊！

在戰火紛飛的年代，我是一片浮萍，隨波逐流，從廣州渡海到了澎湖。浮萍是無根的，正如雷馬克說的話：「沒有根而生活，生命是需要勇氣的。」孫大哥，您曾挽救過我的生命，我現在要告訴您：「我已經沒有勇氣再活下去了！」

最後，我要說句良心話：「雖然我和楊伯山離了婚，但我永遠愛他，愛這座春天的海島，愛這美麗的花蓮，我願長眠於此，伴隨浩瀚無垠的太平洋。」

呂娟絕筆

呂娟吞下大量安眠藥片，經過師野戰醫院搶救脫險，休養一週，出院。楊家為了維護過去的聲望與榮譽，讓呂娟暫時留在「觀海精神病療養院」工作。自從發生這次自殺事件，她的精神躁鬱症竟然顯著好轉了。

那天，于祥生騎機車去溪原村看望她，聊了一些有關文學寫作的話。他們在一家小吃店切了一盤鵝肉，喝了一瓶啤酒，每人吃了一碗海鮮麵，便去海濱散步。從于祥生結婚後，他倆幾乎斷絕來往，如今卻有舊夢重溫之感。

呂娟談起孫潛佛出國前夕，曾吐露他心底的秘密：從離開故鄉來到臺灣，逢年過節，思鄉心情與日俱增。呂娟感慨地說：「唉，他是我的救命恩人啊！恐怕這一輩子我再也看不見他了！」

于祥生停住腳步，驚訝地端望呂娟：「他去美國受訓不到一年，他一定回來的。」

「嗯。我知道。」呂娟搭拉著頭繼續向前走。「但願他能回來。若是他不回來，他才是天大的傻瓜！」

「他到底跟你講過什麼話？」

呂娟默聲無語。半晌，她才發出一片冷笑：「他今年五十三，眼看要退伍了。還派他出國留學，這豈不是攆他走嘛？」

孫潛佛是抗日戰爭末期，為了從軍報國，投考國防醫學院。他勤勤懇懇任勞任怨為傷患官兵服務，救活了無數同胞的生命。當年在澎湖，呂娟若不是遇到孫醫官，如今她早已化成一撮骨灰，長眠於馬公雞籠頭海濱了。孫潛佛單身宿舍擺滿了獎狀和獎牌，有個屁用？他到現在連外科主任都幹不上，因為他不是中國國民黨黨員，妙哉。每次醫院舉行黨員代表大會，他總是躲在單身宿舍睡大覺。朦朧間似有千百個病員對他招喚：「孫醫官，你是華佗再世，為啥那些吹牛拍馬打牌泡妞兒的是黨員、委員或小組長，你卻作了十年少校原地不動，這是什麼道理？」

過去，于祥生在醫院和他同事，從未聽他發過牢騷。那晚，伙食團月底加菜，孫醫官多喝了兩盅酒，紅著眼睛抓緊于祥生的手，顫抖著說：「我這一輩子，最大的願望，不是升官，也不是發財；我只想站在黃河沿上，看上一眼混濁的黃河水，我就心滿意足啦。」驀地，孫潛佛用衣袖抹了一下嘴角，嗚咽著說：「小于，咱啥時候反攻大陸呀？」于祥生啞口無言。

難道孫醫官在赴美途上，潛返中國大陸？

這是埋藏在于祥生心底的謎題，他不敢說也不能說，甚至等他回家，也未曾跟阿惠談起此事。那夜，阿惠跟他做愛，談起傍晚時分，楊伯山帶了巫姍來店吃麵，兩人有說有笑，狀至親暱，儼然如一對情侶。于祥生聽了發出一陣苦笑：「雖是師生戀愛，也沒啥稀奇，只是楊伯山剛和呂娟離婚，馬上進行戀愛，這未免過分了些。」

那日，師人事部門約于祥生談話，勸他辦依額退伍，他有點猶豫不決，便去找蘇建南商量。蘇少校主管人事多年，而且是他的老上司。蘇建南說：「趁著年輕體力好，你退伍轉業吧。你沒進過軍校，在軍隊是沒有發展前途的。」他回家和阿惠商議此事，如果苦撐兩三年，孩子上了小學，他從夜間部畢業轉任中學教師，生活便有了保障。阿惠拿不定主意，于祥生卻作出模稜兩可的決定：拖些日子再說吧！

師政治部傳出一個爆炸性的消息：孫潛佛醫官赴美接受醫務訓練，不料他路過日本竟然脫逃潛返大陸。這件事株連全師官兵十餘人，受到不同程度的處分，包括：

陸軍中校服勤軍官、增設副參謀長秦鴻範，撤職。

陸軍中校政治處主任蔡璞，撤職。

雖然于祥生未被傳訊，但他心中一直惶恐不安，吃不下飯，睡不好覺，晚間在教室聽課精神恍惚，心不在焉，像生了大病一樣。

「退伍吧！祥生！」阿惠噙著滿眶眼淚，安慰他：「蘇大哥說得對，你何必在軍隊混日子呢！只要咱肯吃苦，肯打拚，臺灣是沒有餓死人的。」

他在朦朧中，眼前展開一派秀麗的海村景色，那開滿野菊花的山坡，巍峨壯觀的媽祖廟，洶湧波濤的澎湖海峽，還有那矗立海濱的鴨嘴崖……少年時，他曾想攀登上鴨嘴崖，蹈海自殺……他計劃等將來夜間部畢業，他主動填寫志願表，到內垵中學服務。那是他終身最鍾愛的地方，也是他難忘的第二故鄉……

雖然退伍的事，箭在弦上，但等蘇建南催他填表，他卻猶豫起來。驟然離開軍隊的戰士，好像離家出走的遊子，茫然失措，六神無主，猶如一片隨波逐流的浮萍。當年在澎湖被迫從軍，他受盡白色恐怖與牢獄煎熬，當兵原非心甘情願的事；他在陸軍混了十三年，結識不少肝膽相照的袍澤弟兄，也認清了一些官僚的虛偽面孔，他愛軍隊，因為他和軍隊同志同甘苦共患難，他對軍隊具有血濃於水的感情，而且他對軍隊確也付出不少汗水與勞動。

舊社會有句俗話：「鐵打的軍營流水兵」，這話說得還真不錯。當于祥生還在猶豫時，他已接到退伍令，限期辦理離營手續。

軍隊是一個大家庭，如兄如弟如手如足，這是口號，也是事實。于祥生退伍，他接受一連串的惜別餐敘，在伙房炖一鍋復興菜，粉條蘿蔔白菜豬肉片，一瓶金門高粱酒，五、六人圍在一起喝酒聊天吃菜。離營前，三日一小宴，五日一大宴，喝得醉眼朦朧，吃得胃飽肚圓。他流了五七三十五次眼淚，也在同僚慫恿鼓勵下，唱過一段京劇「甘露寺」和李叔同的長亭外古道邊芳草碧連天。

退伍後，于祥生清晨騎機車送兒女上學，買菜、燉豬頭骨、牛肉，幫助照料客人進店吃麵，直到晚間才換上制服去上課。現在他有充分的光陰讀書，所以功課普遍進步，也擠時間寫出散文或小說。頭髮留成小披頭，讓人看起來年輕許多。他生活樸素，交往單純，如今他一心一意積攢點錢，把濱海新屋買下來，搬進去住，免得一家四口擠在鴿籠般的樓房裡了。

那天星期假日，詩人劉雲來找他，傳告他一則不幸的消息：「上月三十一號是蔣總統壽辰，晚間海風呼嘯，山野濛茫幽邃，視線模糊不清，有一位年屆半百的男子，悄悄攀上內按村海灣鴨嘴崖躍海自殺。他的屍身是兩日後被澎湖一位洪姓漁民撈起的。經過驗屍查明他是退伍榮民備役陸軍中校秦鴻範。」

「他為啥跑去鴨嘴崖自殺呢？」劉雲啜了一口酒，挾滷豆腐乾。

「這是鬼使神差，冤冤相報。過去，他為了檢肅匪諜，辦了無數冤案錯案和假案，逼得山東流亡同學在鴨嘴崖跳海自殺，今天，秦鴻範算是抵命還債了！」于祥生的聲音激動，聲淚俱下。讓站在爐旁煮麵的阿惠也嚇得心噗噗直跳。她端過兩碗乾拌麵，放在丈夫面前，輕聲細語：「老劉跑來看你，你跟人家發神經作什麼？」

「這是很好的小說素材，秦鴻範是獅子，咱們是猴子，獅子雖然看起來比猴子雄壯威武，照樣也挨馬戲團主的鞭子。」劉雲仰起頭喝盡杯中殘酒，面孔驟然紅起來。他朝外面瞅了一眼，低聲說：「這傢伙選擇十月三十一號自殺，豈不是向蔣老頭提出抗議麼？老于，你把它寫成小說吧！」

于祥生吃起麵來。店裡客人少，談話比較自由。他非常同意劉雲的觀點。他認為秦鴻範覺得前途茫茫，才蹈海自殺。這是國共內戰的悲劇，這場悲劇還會繼續發展下去的。

走出麵店，兩人朝海岸走去。劉雲打算退伍轉航運業，將來去外國謀求發展。他英文水平比較高，也會開汽車，他不愁流亡海外找不著飯吃。「蹲在臺灣，只有死路一條。」劉雲愈說愈激動：「你跟我不同，你娶了老婆有了兒女，綁住了手和腿，只有在臺灣討生活了！我是一隻鳥，無牽掛，可以自由飛翔，我覺得我比你幸福。你說對不？」

于祥生聽得有些刺耳，原想和他頂撞幾句，話到嘴邊又咽進肚內。臺灣是咱的土地，臺灣是咱的家鄉，假如像劉雲所說的話，把臺灣看作狹窄的鴿籠，把臺灣看作暫時過渡的客棧，那是多麼卑鄙的心態？那晚，他在睡意朦朧間向枕邊的阿惠講出這些話，阿惠禁不住捂住臉孔啜泣起來……

11

門外飄著淒風冷雨，晚間十點鐘左右，附近商店多已打烊，只有阿惠倚在爐旁假寐。這時，一位披著夾克的中年人，走到麵館門前，收起濕淋淋的雨傘，放進塑料筒。他朝睡眼惺忪的阿惠瞅了一眼：「大碗陽春麵，加兩只荷包蛋。」

「您不切點滷菜喝一杯麼？胡教授？」

「行。」中年男子楞了一下。掩不住內心的驚異情緒。「老闆娘，你……認識我？」

「于祥生經常提到您。他最喜歡上元曲課。他說胡教授了不起，像元朝作家關什麼卿……」阿惠說著端上來下酒小菜：鴨翅、海帶、皮蛋、豆腐乾。阿惠問：「教授喝什麼酒？」

「兩杯高粱酒。」他用筷子挾了一塊海帶塡進嘴裡。「于祥生是山東流亡學生，吃過不少苦啊！他的文學修養不錯，很有前途。」他喝了一口酒，轉頭向門外瞄了一眼：「于祥生還沒下課嗎？」

說曹操，曹操就到。于祥生是胡凱的得意門生。他原是對教育心灰意懶，萌生退休念頭，但是面對著少數像于祥生這樣勤苦上進的學生，激起他內心的憐憫與同情，他決心把肚內所有的知識學問，毫無保留把它嘔吐出來。

他們師生二人喝酒、吃麵，暢談白樸馬致遠關漢卿，最後扯到田漢身上。胡凱點上一支香菸，興致勃勃，睜大眼睛。最近我弄到田漢的一本詩劇《關漢卿》，一個學生從香港帶進來的。他機警地朝門外瞅了一眼，壓低聲音激動地說：「太棒了！太棒了！田漢把七百年前活躍於大都的關漢卿的思想感情，完整地表達出來了！」

于祥生瞪大了眼，端望著他。

「我來背誦幾句給你聽。」胡凱低頭清理了一下喉嚨，開始朗誦起來：

將碧血，寫忠烈，
作厲鬼，除逆賊，
這血兒啊，化作黃河揚子浪千疊，
長與英雄共魂魄！

于祥生舉起杯中殘酒，向胡凱敬酒。

胡凱飲盡杯中酒，繼續地說：「這個劇本，田漢讀通了《元史》、《元雜劇》，田漢在劇中創造出一位豪俠尚義、美麗善良的歌伎朱帘秀，妙啊！朱帘秀是關漢卿雜劇中的人物啊。她愛漢卿，她愛真理，她鼓勵漢卿不畏惡勢力寫出〈竇娥冤〉來。妙哇，這才是偉大的浪漫主義文學作品。」胡凱咳嗽了兩聲，眉毛一聳，又吟誦起《關漢卿》的詩句來：「俺與你髮不同青心同熱，生不同床死同穴。待來年遍地杜鵑花，看風前漢卿四姐雙飛蝶。相永好，不言別！」吟罷，胡凱從袋中掏出一張百元鈔票，放在桌上，走了出去。于祥生拿起鈔票，隨同走出冷雨飄洒的門外……

當年，胡凱是北大校園的風雲人物。他身材魁梧，英俊不凡，他飾演「北京人」的江泰，風靡一時。北平局部和平前夕，他是文學系講師，正準備和一個漂亮的具有詩人氣質的外文系女同學林紅訂婚。那日，他倆從北海公園回來，在一家飯館吃晚飯，林紅告訴胡凱一個爆炸性的消息：

「明天，我一大早離家，到解放區去！」

他聽了這句話，竟然呆若木雞，無言以對。

「我知道你聽了這句話，非常緊張。我愛你，我更愛自己的民族和祖國，為了祖國四億五千萬同胞的自由解放，我不得不選擇這一條光明的道路。胡凱，咱們一塊走吧！」

「你上哪兒去？」他壓低了聲音。

「平山縣，西柏坡，黨中央毛主席都住在那裡。」

「你，你是共產黨？」他的心噗噗直跳。

「嗯，地下黨員。」

「我怎麼不知道？」

「嘻嘻！別說這種傻話了，胡凱。這是絕對保密的事情，我怎麼敢隨便告訴你。」林紅伸出手，抓住胡凱的胳臂，帶著懇求的聲音說：「跟我一起走吧。你無牽無掛，怕啥？說不定再過一兩個月，咱們會隨同解放軍回北平！」

走出飯館，濛茫幽邃的晚空，飄起了蒲公英似的細碎的雪花。胡凱建議先搭電車去他宿舍商量，再作決定。林紅順從了他。

初冬的夜晚，北大教員宿舍像古剎一般寧靜。雖然林紅和他熱戀兩年多，但她從來沒去過胡凱的單身宿舍。屋內空蕩蕩的，連一套像樣的家具也沒有。除了書，就是文學刊物。衣服東一件、西一件，有的掛在牆上，有的放在椅子上。胡凱從抽屜裡取出一個紅絨禮盒，遞給林紅。林紅打開一看，是一枚K金戒指。

「這是什麼？」

「訂婚戒指，你帶走吧！」

林紅眼圈紅了。她默默地把戒指放回原位，然後擱在書桌上。「你不去解放區，我不要。」

他替林紅沏了一壺芬香的茉莉花茶，兩人喝著，談東北戰爭，以及天津戰役，他倆對於共軍勢如破竹的攻勢，感到驚奇。林紅對解放戰爭充滿信心，她預料不出三年時間，紅旗將會飄揚在紫金山。

電燈忽然熄滅，在混亂的北平城內，時常發生斷電現象。胡凱摸到火柴，點著了蠟燭。林紅撲進他的懷裡，發出歇斯底里的囈語：「趁著現在聚在一起，你剝掉我的衣服吧。胡凱，我愛你，我是處女，我要把身子獻給你。來吧。」胡凱輕輕撫摩著她的秀髮：「走，我送你回家。林紅，明天早晨你什麼時候走？」「五點半。」「我去為你送行。」「我不願意你來送我，除非你跟我一起去解放區。」胡凱停頓了一下，說：「等我晚上想一想再作決定。」他說著抱緊了她，他的熱淚奪眶而出了。

那晚，胡凱沒有送她回家，只看她上了電車，便折返回來。翌晨，天麻麻亮。胡凱站在林紅家的胡同口等她。天冷，飄著雪花，他縮著頸子在打哆嗦。五點二十分，一輛黃包車從胡同拉出來，車簾擋住他的視線，他看不見林紅，林紅也沒發現他；後來，那個擋風的棉布車簾猶如波濤洶湧的臺灣海峽，阻隔了林紅和胡凱的訊息，胡凱為了林紅，竟然一直過著單身生活。更奇妙的，胡凱為了林紅，竟然一直受到情治機關的歧視與矚目。

胡凱初到臺灣，便在花蓮一所中學教國文。外省軍公教人員，在戰火紛飛年代湧進臺灣，普遍降級，這是眾所周知的事實。譬如有些在大陸掛少將階銜，來臺後核為上校；有些在大陸地方政府的薦任官，到了臺灣降為委任官；胡凱從一名大學講師改任中學教員，有宿舍住，有工資，也能參加伙食團，他已經心滿意足了。學校人事部門囑他撰寫自傳，自傳規定填寫身世、學經歷、婚姻狀況、來臺經過，以及對當前反共抗俄的革命前途看法。胡凱是個書獃子，他在「婚姻狀況」一項，若是只填上「無」多麼簡單明瞭？但他卻囉哩囉唆抱著誠實坦白態度把林紅去解放區的祕史，和盤托出。這種樸素思想，若在瑞士法國或美利堅合眾國也許受到稱讚，但在蘇聯中國捷克斯拉伐克卻惹了政治麻煩：那個腦袋如棗木疙瘩的職員，為了明哲保身，把此事反映到情治單位，特務不看不知道一看嚇一跳，一個跟女匪幹談情說愛的知識分子，他的思想怎不沾染上馬列主義的毒素？既然他未婚妻林紅留在匪區，他隻身跑來反共復國基地作啥？

特務找上門來和胡凱進行調查訪問，縱然態度和風細雨，但胡凱心內卻怒潮澎湃，剛學會的臺灣話派上用場，他心裡在罵：「幹你娘，雞歪！要知道今天受到這種窩囊氣，我真不應該跋涉萬水千山跑來臺灣，媽的！我既非地主老財也不是資本家，我甚至連國民黨三青團的大門朝哪方向也摸不清楚，我跑來臺灣幹啥？」

牢騷終歸是牢騷，胡凱為了活下去，他仍得熱心教學，裝作一派樂觀奮鬥模樣。參加週會或升旗典禮，他扯破喉嚨高呼口號：「實行三民主義！擁護最高領袖！」他做了十年中學教員，找證件、托人情，寫了兩本《元雜劇研究》、《關漢卿作品新探》，最後磕頭作揖送了一瓶XO洋酒，才在花蓮師範學院文學系安插一個講師缺。他在酒後對于祥生說：「十年前，我在北京大學作講師，來臺灣十年後我才熬到大學講師，套句軍事術語，這叫『原地踏步』——我原地踏了十年步，幹他老母，雞歪！」

胡凱是師院最受學生歡迎的文學老師，他講課認真，從不缺課，唯一的缺點則是牢騷話多。于祥生第一次聽他講元曲，便聽了半小時牢騷話。胡凱從當前臺灣教育風氣說起：「每座大專院校校長，都是拿到歐美國家博士學位者，甚至中文系的系主任，也幾乎被留學回來的包辦，這是咄咄怪事。」他提起二十年代初，英國哲學家羅素來中國講學，他曾建議中國政府，不必過分重視歐美留學生，特別是教育、政治的權力，絕不要交給歐美留學生，否則一定變成帝國主義殖民地。

窗外洒著淒風冷雨，教室內燈火通明，六十多名男女同學瞪大了眼睛，摒住呼吸，凝聽胡凱老師講馬致遠的作品。

> 百歲光陰一夢蝶，重回首往事堪嗟。今日春來，明朝花謝，急罰盞夜闌燈滅。想秦宮漢闕，都做了衰草牛羊野，不恁麼漁樵沒話說！縱荒墳橫斷碑，不辨龍蛇。投至狐蹤與兔穴，多少豪傑！鼎足雖堅半腰裡折。魏耶？晉耶？……

于祥生沉浸在詩人的思想境域，他暗自下定決心，不求功名利祿，以胡凱為榜樣，打好文學基礎，將來做一名優秀的中學教師，為作育英才貢獻出力量。

那晚下課後，胡凱邀約于祥生去他住處吃宵夜。他住在五權街靠近「更生日報社」一棟樓房的頂樓，約莫二十坪。屋裡雖然雜亂無章，書刊遍地，但卻充滿一派書卷氣息。胡凱引他進書房看書，他去廚房煮牛肉麵。這間書房約十坪，原是主臥室，他卻在牆壁修成鴿籠木格書櫥，放眼望去，猶如圖書館藏書庫一般。書房擺一張書桌，旁為沙發床。原來主人的生活，是讀書與睡眠相結合。猛抬頭，書桌前牆上掛有一條幅，筆力蒼勁有力，那顯然是主人多年前寫的。

> 在官時只說閒，得閒也又思官，直到教人做樣看。從前的試觀，那一個不遇災難：楚大夫行吟澤畔，仵將軍血污衣冠，烏江岸消磨了好漢，咸陽市乾休了丞相。這幾個百

般要安不安，怎如俺五柳莊逍遙散誕。

右錄元張養浩沽美酒胡凱書

正當于祥生凝思時，胡老師喚他吃麵。桌上，兩碗熱騰騰香噴噴的牛肉麵，每人碗旁放一盅白酒。胡凱燉的牛肉佐料齊全，火候適宜，所以吃起來格外可口。他從菜市場買回牛肉，燉爛，等冷卻後放進冰箱，可儲存數日。每當下麵條時，再舀出一二勺食用。于祥生想不到他煮的牛肉麵比阿惠煮的還好吃。

胡凱面色凝重，似有心事。兩人吃過宵夜，便在客廳吸菸、喝茶。

「老師，您最近臉色不好，是不是睡眠不夠？」

「嗯。我近來患失眠症，不吃安眠藥片，根本睡不著覺。」

「不要熬夜看書了。您常說，留得青山在，不愁沒柴燒。可是您為什麼不記住這句話？」

胡凱皺著眉頭，朝著天花板上的吊燈發怔。半晌，他苦笑著說：「離開北平十年，我從來沒聽到那邊的真實情況。我既沒有心情去打聽，也不想去打聽，可是昨天夜裡失眠，我偷聽大陸廣播，竟然……竟然聽到林紅的消息……」

「林紅是誰？」于祥生不解地問。

「一個女共產黨員。」

「她發生了什麼事情?」

「北京廣播說，這兩年在民主黨派和高等學校，右派表現非常猖狂。他們想在中國這塊土地上颳七級以上颱風，妄圖消滅共產黨，趕共產黨下臺。他們這樣廣播說，到一九五八年夏季，全大陸總共劃定右派分子五十五萬多人，這些右派分子是採用『大鳴、大放、大字報、大辯論』方法，通過群眾批評總結，確定他們反對社會主義制度、反對無產階級專政、反對民主集中制。廣播說，北京市有一個林紅，是右派活動野心家、主謀分子和骨幹分子；廣播還說林紅妄圖反攻倒算，她男朋友是國民黨特務，北平和平解放前潛逃臺灣……」胡凱說到這裡，竟然發出蒼涼的笑聲!

于祥生逐漸醒悟過來。

「林紅成了反共分子，我成了國民黨特務，真是黑白講!」胡凱憤憤不平地說。

林紅被共產黨打成右派，不但給胡凱帶來煩惱不安，也使于祥生的心理發生變化。過去，他雖然受到反共教育，但內心依舊對共產黨存著浪漫的幻想:「如果他們殺人放火、共產共妻，怎能統治得了九百餘萬平方公里的中國大陸?如果他們對知識分子進行迫害，為何那些著名科學家、藝術家，冒著生命危險，從世界每一個角落，跋涉千山萬水，奔向一窮二白的新中國?」

于祥生對於林紅的形象，並不陌生。他少年時期在故鄉見過。她們身穿樸素的學生服，胸前掛著「為人民服務」徽章。肩扛背包，腳穿膠鞋，一派軍人風度。她們紅粲粲的臉上，掛著風塵與樂觀的笑容。她們愛唱「解放區的天是明朗的天」，她們愛呼的口號是「打過長江去，活捉蔣介石」。這些質樸純潔的青年知識分子，為共產黨解放戰爭拋頭顱、洒熱血，走過槍林彈雨萬水千山，為何到如今蛻變成反共的右派分子?這到底是什麼緣故?

胡凱心底的苦悶，只有于祥生知道。每當胡凱走過校區，或是上課，他總是靜靜地端望他，認真凝聽他的講話，胡凱顯然瘦了，蒼老了。他埋首在酒與嘆息聲裡。這是過去罕有的現象。

那晚，胡凱走出住所，沿著五權街朝海邊散步。五權街在日據時期街名「入船通」，顧名思義，它濱臨海港。晚風迎面吹來，他覺得頭腦清爽，剛點上一枝香菸，吸了兩口，一輛黑色轎車駛近他身旁，從車廂跳出兩名彪形大漢，其中一位對他說：「胡老師，請上車，我們送你回花蓮師院。」胡凱笑了笑：「我回學校作什麼，我住在五權街。」兩名幹員開玩笑似的連哄帶拽，把他拖進車廂，汽車朝燈火閃爍的市區奔馳。

胡凱並不緊張，也不懼怕。他既非共產黨間諜，從未做過違法的事，他對這兩個特務看作朋友一樣。但讓他茫然不解的，為什麼無緣無故拘捕他？那夜，胡凱輾轉床側，一直思索此一問題。驀然間，他想起不久前，他曾把偷聽大陸廣播的祕密告訴了于祥生，莫非于祥生向情治單位告密？

不會吧？胡凱否定了他的疑慮。

12

翌晨，胡凱被帶進一間辦公室，接受審問。坐在對面的特務，穿黑色西服，打墨綠色領帶，濃眉大眼，流露出幾分英氣。他先為胡凱點上香菸，開始了和風細雨的談話。

「昨天晚上睡得好嘛。咹，非常抱歉，為了您的安全，我們不能不採取這種保密措施。從昨天起，連續兩天半假期，如果順利的話，您馬上可以回去，不耽誤上課。咹，我們請你來的目的，想問一問有關麥可鈞的交往情況，您能提供一些具體事實麼？」

麥可鈞是一個香港僑生，他中等身材，愛出風頭愛講話。他父親在九龍旺角開書店，胡凱曾托他買回不少文史方面的大陸出版書籍。不過，麥可鈞只在花蓮師院讀了一年，便消失了蹤影。胡凱最近還託學生打聽他的下落。知識分子讀書買書是大事。過去麥可鈞利用挾帶方式替他從香港買了十幾本書，賺了胡凱不少錢，但胡凱對他一直心存感激。海峽兩岸斷絕往來，即使化多少錢也難以買到禁書。雪夜掩門讀禁書，古人引為樂事。胡凱也是如此。他買到郭沫若的《洪波曲》、曲波的《林海雪原》、田漢的《關漢卿》與《謝瑤環》，喜不自禁，手不釋卷。現在胡凱聽到麥可鈞的名字，真是喜出望外，他說：「麥可鈞是我的學生，他現在在什麼地方?」

「綠島。」

「他犯了什麼罪?」

「叛亂罪。」

「叛亂罪?」胡凱的心噗噗跳，但卻理直氣壯地說：「麥可鈞是一個大腦單純、四肢發達的青年，他做小生意可以，搞文學、搞政治是死胡同！你們未免太高估他了！」

「胡先生，請你老實招供吧！這件匪諜案已經明朗化了。人證、物證齊全，否則我們是不敢貿然拘捕的。麥可鈞利用文藝作掩護身分，以海王星詩刊作據點，吸收反政府分子，這些人最近都會逮捕到案，可能有的還是你的朋友和學生哩。哈哈！」特務發出勝利的笑聲。

胡凱低下頭去，猛烈地吸了幾口菸。他的面孔變得蒼白，頸間的青筋宛如蚯蚓在棕紅色土壤內蠕動。「先生，你能不能告訴我，你們抓的和準備抓的是哪些人?假如你說出來，我會跟你們合作……」

特務低下頭去翻卷宗內的文件，臉上泛出得意的笑容。他的嘴唇輕微搐動，終於發出聲音來：「《海王星詩刊》編輯委員，有個女孩子巫姍，還有兩個臺灣人，都是二十出頭的學生，你可能不認識。還有一個軍人，劉雲，筆名流雲，流水的流……」他翻看公文，皺起眉頭問：「有個女作家呂娟，你知道麼？」

胡凱搖頭。

「胡先生，根據我們蒐集的材料，于祥生這個人值得注意，你認識他吧？」

胡凱心中為之一震，卻木然搖了搖頭。

「你不認得于祥生？他是退伍軍人，娶了花蓮老婆，在府前路開麵館。」

「我當然認識他，他是我的學生。過去他在澎湖蹲過冤獄，差一點沒被整死。假使你們老是懷疑這些人政治立場有問題，那國民黨可真快垮臺了！」胡凱激動地說。

「你能保證于祥生思想沒問題？唼？」特務凝神問他。

「我以生命、人格作保證，于祥生是一個純潔善良的退伍軍人！」胡凱斬釘截鐵地說。

在那個寂靜陰暗的深宅大院，胡凱被特務輪番審問。他口乾舌燥，疲困至極，腦袋像塞滿了潮濕的碎木炭。他覺得疲勞審問比受刑更難受。破曉時分，他被強迫在一個文件上按手印，然後被押進一輛黑色囚車，送到碼頭上船。胡凱昏昏沉沉，如幻如夢，船抵達綠島，他已經不省人事了……

那晚，于祥生進了濱海一座監獄。囚室約三坪，睡了九名政治犯。寒流過境，室內氣溫低，門窗掩閉，尿騷霉味讓人窒息。睡在于祥生旁邊靠牆的，編號二〇〇一，已進獄十年，囚房中的犯人都喊他基桑（日本話，大叔）。于祥生剛進獄，同房的難友問他入獄的原因？于祥生抓撓剛推光的葫蘆頭，茫漠地說：「我也弄不清楚犯了啥罪。那天傍晚我正在麵店做生意，有人叫我去府前路派出所談話。我走進派出所就被捕了。」

難友都哈哈大笑。

原來房內的八位政治犯，除了基桑，大多數都是稀里糊塗被捕進獄的。

基桑早年留學日本帝大，臺灣光復初返回故鄉。他看不慣國民政府的抵臺官員的傲慢嘴臉，曾串聯留日同學進行反抗鬥爭。在「二・二八事件」爆發後，他以叛亂罪被判處無期徒刑。

在漫長的風雨寒冷的季節，這位基桑說，當年，他滿懷理想豪情，離開故鄉去日本帝大學農業，就是為了把這座番薯形狀的海島，開拓成富饒豐沃的農業原野，讓廣大人民吃得飽、穿得暖，住進磚瓦房。他在留學期間，讀了不少農業科學的書籍，也通讀了原帝大農業教授河上肇的有關馬克思研究論著；最讓于祥生折服的，這位日本留學生不僅熟悉芥川龍之介、武者小路實篤、佐籐春夫，也熟悉魯迅郁達夫周作人郭沫若丁玲……有一天，于祥生激昂地說：「基桑，像您這樣有學問的人，政府不重用您，反而把您關在監獄，他媽的！這個政府還有啥希望！」

囚房裡的難友，鬨然大笑。

於是，那位睡在牆角的基桑，輕聲唱起了歌：

深夜無伴守燈下，

清風對面吹。

十七八歲未出嫁，

想著少年家。

…………

驀地，囚房有人發出低沉的啜泣聲音。

也許基桑睡在身旁的緣故，于祥生在日常生活中，獲得不少知識與學問。他暫時忘卻了煩惱、憂愁，甚至忘卻他是一名被侮辱與被損害的政治犯。

新年期間，阿惠帶著兩個孩子來探監，別後重逢，恍若隔世，他禁不住熱淚盈眶。阿惠告訴他：「師院寄來肄業證明書，等出獄後，只要補足學分，便可取得中學教師資格。」這個消息使于祥生感到非常興奮。阿惠帶來了他穿的毛線衣褲、兩罐高山茶，還有一捆書。監獄的那位禿頂特務檢查書籍嚴格，他拿起羅曼・羅蘭的《約翰・克利斯朵夫》便皺眉頭：「不行，這是反動書！」于祥生向他解釋，作者是法國人。特務翻臉像翻書一樣：「不但是法國，連美國也有共產黨。」接著，特務翻出阿惠帶來的陀思妥耶夫斯基的《卡拉馬佐夫兄弟們》，面色驟然一變，厲聲說：「好大的膽量啊！你們竟敢把蘇俄共產黨的書帶進監獄，想造反麼？」于祥生翻開底頁向他說：「這是臺北出版的。作者是十九世紀人。」特務不耐煩，把《卡拉馬佐夫兄弟們》沒收、保管。

阿惠噙著滿眶淚水，正要向丈夫道別，遇見十年不見的楊恩禮。光復初他從日本返鄉時，春華正茂，如今已現出蒼老神態。

「基桑，你不認識我了？我爸是林春山，我是阿惠。」

「啊！」楊恩禮頓時露出驚喜的神情：「你爸不是參加軍隊去了中國大陸麼？有消息麼？」

阿惠搖了搖頭。

楊恩禮轉頭瞅望于祥生：「你們怎麼認識的？你作了臺灣女婿，為什麼講不好臺灣話？哈哈。從明天起，我作你的臺灣話老師。哈哈！」

等楊恩禮走遠，阿惠才低聲告訴丈夫，這個人是共產黨，過去跟謝雪紅在一起。他是觀海精神病療養院楊院長的堂兄。但是從他入獄後，楊家跟他劃清界線，斷絕往來。他從未結婚，傳說他在東京留學時，曾和一個日本女孩談過戀愛，離開日本，也就成了泡影。阿惠叮囑丈夫：「你最好離他遠一點兒，免得惹禍。他被判處死刑，後來改為無期徒刑。你跟他不一樣，最多蹲上三年兩年，你就出來了。」

于祥生默聲蹲下身子，摟抱一對兒女，不禁悲從中來，淚灑胸懷。

臨別，于祥生悄悄囑咐阿惠：「若是我被判處十年以上有期徒刑，你就帶著孩子嫁人去吧！我對不起你！」阿惠眼圈泛紅，領著兒女走了。他湧出生離死別的痛苦心情。

于祥生關進監獄，真乃不白之冤。因為劉雲從麥可鈞那兒借過一冊北京出版的《詩刊》雜誌，所以把于祥生牽扯入獄。事實上他從未看過這種雜誌，而且他對新詩毫無興趣。他從一位特務嘴中得知麥可鈞、胡凱、呂娟三人關在綠島；劉雲、巫姍和其他的《海王星詩刊》嫌疑分子，都被關押在臺東泰源監獄。主犯麥可鈞已被判處死刑，不過尚未執行槍決。

于祥生開始沉默了。同室的政治犯，都以同情的眼光凝望他，卻找不出適當的語言去安慰他。有一天，放風時間，楊恩禮悄悄問他：「你最近為什麼變了？」于祥生懇摯地握緊楊恩禮的手，說：「基桑，我不想活了！從我坐船到了澎湖起，我沒有過一天安穩日子！甚至到了今天，我還是政治犯。基桑，我活著還有什麼意思呢？」

「你還年輕，祥生，你不能這樣悲觀。」楊恩禮鬆開對方的手說。雖然他這樣勸慰別人，但他剛入獄時，也常湧起自殺念頭。

臺灣光復時期，楊恩禮春華正茂，他像迎接春天一樣迎接從海峽對岸來的親人。他內心既興奮，但也有些惶惑不安。一九四五年八月十五日，日本宣布接受波茨坦宣言，無條件投降，他和所有的臺灣、澎湖的同胞將於一夕之間從日本人變為中國人，這翻天覆地的變化是空前的。楊恩禮如夢如幻，他幾乎不敢相信臺灣光復的事實。

他站在基隆碼頭，迎接從登陸艇走下來的中國軍隊：穿著骯髒的草綠色軍裝，打著綁腿，腳上是骯髒的膠鞋，每一張面孔泛出憔悴蒼白顏色，彷佛剛從戰場撤退下來；那些穿著西裝、挾著皮包的官僚，身後是濃粧妖艷的女人，一派盛氣凌人的模樣。讓楊恩禮感到失望、失望、失望，一百個失望，一千個失望，一萬個失望……

那時，臺灣人民的心情，宛如眼前的城市和鄉村，愁雲慘霧，一片狼籍。楊恩禮從日本回來，原以為可以自由地寫出過去的苦難生活；但是「臺灣長官公署」為了文化重建，積極地開展國語運動，從光復起僅一年半時間便廢止報紙日文版。因此許多喜歡文學創作的人，陷入停筆的命運。

於是，楊恩禮在有家難奔有國難投的現狀下，參加了「讀書會」。過去，他看過河上肇的馬克思主義書籍，腦海萌生出茫漠的理想遠景，只有被侮辱與被損害的無產階級團結起來，朝著社會主義方向奮鬥前進，才會獲得解放。他穿著樸素，生活刻苦，他像一名行腳僧南北奔波，開會、串連，配合全省爆發的「二・二八事件」進行鬥爭。他不滿臺共領袖謝雪紅的領導作風，也不滿內部充滿矛盾分歧與傾軋，直到他被捕以後，才恍然悟出自己盲人瞎馬走了一段岔道。

春節，在夜空的閃耀的火花和鞭炮聲中度過。監獄的伙食，加了一盆粉蒸肉和獅子頭燉白菜。最難得的，監獄增加了犯人放風時間。他們可以趁著陽光送暖的天氣，晒棉被、洗衣褲，或是給親屬寫信。

于祥生對於楊恩禮的身世背景，感到濃厚的興趣。從他自廣州渡海來臺，他初次遇見這麼一位經驗豐富、學問淵博的人。如果政府知人善用，把他安排在農業部門工作，他一定為臺灣作出貢獻。楊恩禮時常向他談起「二・二八事件」，他問：「當年政府派陳儀接收臺灣是派錯人了麼？」楊恩禮馬上搖頭說：「派陳儀接收臺灣，完全正確。我在東京留學時，便聽過這位『日本通』的大名。他是日本陸軍大學高材生。他的夫人是日本將軍的女兒。中日戰爭以前，陳儀在福建當省主席的時候，曾派參議、著名作家郁達夫來臺灣訪問。換句話說，陳儀對於臺灣的政治經濟和文化情況，非常瞭解。臺灣光復，陳儀帶來的一批官員，有不少是專家學者。例如國立編譯館館長許壽裳，他是文學家、魯迅的好朋友。國民黨官員有這種魄力重用左翼作家麼?據我所知，許壽裳在光復初期引進臺灣不少魯迅等人的作品，這是臺灣知識分子的幸運。後來，爆發『二・二八事件』，大家把罪過都推到陳儀身上，他的優點卻被一筆抹殺了。」

在漫漫長夜裡，睡在囚房的于祥生，像一條牛，反芻咀嚼著基桑的談話。從「二・二八事件」聯想到澎湖山東流亡學校師生冤案，張敏之、鄒鑑的威武不屈英雄形象，栩栩如生展現眼前，像這樣優秀的中國國民黨黨員，卻冤死在同志的黑手中，這怎不遭天譴呢!

淚眼朦朧，于祥生聽見睡在靠門的二〇〇五號政治犯，開始磨牙了，那咯吱咯吱的脆響，含有血海般的仇恨。從于祥生進獄以後，就熟悉二〇〇五號那滿嘴雪白整齊的牙齒。此人從不講話，像是啞巴。每到夜闌人靜時，他便磨牙，偶而冒出低沉瘖啞的咒罵聲：「幹你娘，雞歪!幹你老母!……」于祥生悄聲問基桑：「二〇〇五號罵誰?」楊恩禮搖頭微笑，半晌，基桑迸出一句話：「他罵國民黨!」

這位精神異常的臺灣人，和楊恩禮年齡相近，他從不跟別人談話，彷彿把同室的難友都視為特務，這是讓于祥生最討厭他的地方。他的歌喉渾圓有力，非常悅耳，每當犯人舉辦同樂會，二〇〇五總被推出去唱歌。不過，他唱的歌曲應先經過隊長批准，這是群眾難以理解的祕密。

三年前，二〇〇五剛入獄時，適逢春節開文藝晚會，不知怎的把他拖上臺前唱歌。他臉不變色心不跳，雙腳併攏，引吭高歌：

北風那個吹，
雪花兒那個飄噢，
白毛女呀呼嗨，
……

臺下響起暴風雨般的掌聲。

二〇〇五受到群眾的鼓舞，他唱罷「白毛女」，接著又唱另一首歌：

解放區的天是明朗的天，
解放區的人民真喜歡，
……

突然，眼前黑暗一片。麥克風斷了電，失去聲音。電燈斷了電，變成黑暗的地獄。值星官吹哨子，命令各隊把隊員帶回囚房，結束了這場餘興未盡的春節晚會。

那夜，二〇〇五被打得鼻青眼腫。東方泛出魚肚白，他才拖著疲憊無力的身子，走回囚房。

13

二〇〇五被押進監獄那晚，海岸濛茫幽邃，伸手不見五指，這位神祕人物宛如氣候一樣詭祕難測。他不接受審訊，便被送進這間囚房。那時，楊恩禮正患白內障，視力模糊不清，他瞅望著這位新來的難友，何等眼熟，忍不住喊了一聲：「阿山！」

二〇〇五一屁股坐在木板床上，嘴裡咕噥：「幹你娘！」

他在朦朧中，眼前展現出一個壯實的小青年，他會爬樹摸鳥雀、下海撈螃蟹，他的游泳技術最為出色，連日本游泳教練渡邊武雄都對他另眼相看；最難得的則是阿山的歌喉渾厚有力，具有強烈的魅力，他不僅風靡了林厝村、溪原村的少女，甚至連住在山窪的原住民姑娘們，也都暗戀著他……

林春山的名字，在戰火紛飛的大東亞戰爭時期，它比花蓮的名字還響亮啊！

臺灣光復，這個新婚不久的青年，卻悄悄地參加了軍隊，不久從基隆渡海去了大陸，從此失去林春山的蹤影。林厝村的鄉親逐漸忘卻了他，溪原村的鄉親也逐漸忘卻了他。偶而有人談起往事，間或提起阿山此人，但總會這樣說：「阿山也許早已……死了！」

阿山沒有死，他活得非常痛苦。初到大陸，他感到新鮮有趣。他扛著步槍，在淮北平原沂蒙山區，走遍了萬山千水農舍田園，作戰、挖戰壕、訓練、行軍，因為行跡飄忽不定，像武俠小說裡的劍客，四海為家，所以他一直沒給親人寫信。那年深冬，風雪掩沒了皖北山野村莊，一場空前的內戰在那封凍的苦難的荒野展開了。國民黨稱它是徐蚌會戰共產黨稱它淮海戰役，這場決定性的戰役，註定了國民政府播遷臺灣造成兩個中國的事實。林春山在這場戰役被俘，編為華東野戰軍，他的最高統帥是陳毅、粟裕，可是他從來沒見過這兩位共軍幹部。

林春山滿懷革命豪情，參加了渡江戰役。鍾山風雨起蒼黃，百萬雄獅過大江。他游泳技術高，勝過《水滸傳》中的浪裡白條張順，帆船駛到江心，水流湍急，船隻不勝負荷，阿山躍身江波，發揮了力挽狂瀾作用。共軍佔領南京，把林春山渡江功績評為二等功，並保送他去徐州「華東軍政大學」學習。

那所大學招收的學員有軍政幹部、知識分子、工人、農民。教學採取講課與討論相結合。學習時間只有三個月，學習課程包括《社會發展史》、《新民主主義論》、《矛盾論》、《國際現勢》等。林春山懷著戰戰兢兢如臨深淵如履薄冰的心情，揹著軍用背包走進軍大校門，他做夢也想不到尚有不少學員比不上他。

也許由於阿山階級成分好，也許由於他在渡江戰役榮立二等功，也許由於他的歌喉悅耳，充滿感情，唱起臺灣民謠來格外動人心弦，他從軍政大學結業便分派在三十一師文工團服務。

阿山的歌，唱遍工廠、農村和解放軍營區；他的歌從華東唱到遼東半島，跨過鴨綠江，唱遍朝鮮三千里河山，最後因右腿負傷提前返回內地。後來，阿山復員轉業，分發江蘇無錫一所中學作音樂教師，因為語言隔閡，常和同事與當地幹部發生摩擦。他思念臺灣，藉酒澆愁。酒後難免說怪話、發牢騷。五十年代末期，在全國各地開展鳴放運動，阿山被劃成反黨反社會主義右派分子。他不悔改，不承認錯誤，最後被判勞動改造五年，去了蘇北。

林春山在蘇北勞改期間，患了失語症。農村缺醫少藥，拖了兩三年，病情不見好轉。中共為了解決他的思鄉情緒，基於人道主義精神，把阿山送到廈門，再利用福建前線廣播電臺播出遣返林春山消息，通知我駐守大擔島國軍部隊，最後派機帆船把阿山送抵大擔島碼頭。

暮色蒼茫，阿山如夢如幻看見眼前石壁上刻著兩行標語：

大膽擔大擔，

島孤人不孤。

阿山不懂這些文字的意義。他想到花蓮，想到林厝村，想到妻子和她腹中的那塊肉，不禁嚎啕大哭起來！半晌，等他甦醒過來時，用衣角拭乾眼淚，卻發現從四面八方伸過來各式各樣的槍枝，每枝槍的射擊孔都指向著他。他不自覺地舉起兩隻無力的胳臂。

「把他押走！」有人厲聲喊著。

阿山聽到那熟悉的、帶著臺灣腔調的普通話，怎麼能掩蓋住內心的歡樂情緒呢？走在崎嶇的彎曲的羊腸山徑上，他像豬八戒進了盤絲洞，辨不出東南西北方向。他不時左顧右盼，想瞅望闊別二十年的鄉親晚輩面孔；但是押解他的青年戰士卻戒慎恐懼、摒住呼吸，緊握著武器，把這名剛從對岸護送過來的同胞，視作江洋大盜一般。阿山的心涼了，不由地咕噥著罵起來：「幹你娘，雞歪！」

林春山被帶進陰暗潮濕的坑道，接受審訊。一位政工人員問他：「你是哪兒人？」他說花蓮。問他花蓮有什麼親屬？他說不知道。那位肩綴兩朵梅花的軍官翻臉像翻書一般。「你家裡有什麼人，都不知道，這豈不是扯謊麼！你跑過來作什麼？」林春山把臉一沉，反駁說：「既然你們不希望我跑過來，再把我送回廈門吧！」

林春山被押進這座監獄，採取高度機密，因為他的身分特殊，既耽心影響軍隊官兵士氣，也顧慮到影響花蓮鄉親，因此連他的名字也列為保密範圍。囚房的難友只喊他二〇〇五，卻不知他姓字名誰。只有楊恩禮記得他是「阿山」，離別二十年，阿山已變成一個飽經滄桑的中年人，往昔的記憶早已破碎殆盡，唯一難忘的則是阿山最會唱歌，他的歌喉具有渾圓悅耳的特點。

在一次同樂晚會上，楊恩禮故意提名請他登臺唱歌，為的試探他到底是不是林厝村的阿山？阿山稍微猶豫片刻，整理一下衣服，在一片掌聲中走上臺前，朝大家揮揮手，便引吭高歌起來：

天黑黑，欲落雨，
阿公仔舉鋤頭欲掘芋，
掘呀掘，掘呀掘，
掘到一尾鮍鰡鼓，
伊呀嗨著真正趣味。

阿山畢竟作過十年解放軍文工團員，他那瀟洒的表情，配合著他那充滿磁性的歌喉，以及濃郁的臺灣東部的鄉音腔調，使臺下的犯人不管是臺灣人客家人原住民或外省人，都聽得如醉如痴如幻如夢……他們瞪大了眼睛凝望阿山，忘記了自己身繫牢獄，也忘記了對方唱的是家喻戶曉的臺灣民歌「天黑黑」，嘴裡不由地隨著阿山哼唱起來。

阿公仔欲煮鹹，
阿媽欲煮淡，
阿公仔欲煮鹹，
阿媽欲煮淡，
二人相打弄破鍋，
伊呀嘿著隆冬叱冬嗆，
哇哈哈！

這位當年在大陸鳴放運動時患過失語症的人，為何到現在唱起歌來呢？阿山想起來捂嘴直笑。過去他裝啞巴，不講話，那是無言的抗議。如今，阿山又患了失語症。他只會罵「幹你娘，雞歪」，其他話都不說，是真不會說還是假裝啞巴，誰也不知道。從他那次在晚會上唱了「白毛女」，受到懲戒以後，他對任何難友都採取敵對態度。于祥生進獄，他懷疑此人是專門貼在他身旁的特務，因此兩人從來沒打過招呼，像仇家一樣。

除夕夜，晚餐非常豐盛，大白菜粉條燉豆腐、紅燒魚、回鍋肉、蔥爆牛肉，每人一杯酒。大家聽信楊恩禮的倡議，先吃些飯菜再喝酒，免得菜涼，吃了肚疼。喝酒時，于祥生趁機向林春山敬酒。

「二〇〇五，我敬您！」

林春山把臉一擺，置之不理。

「歹勢（對不起）！基桑，敬您酒！」

對方還是充耳不聞。低頭挾菜。

于祥生猛然站立起來，把酒杯朝地上一摜，厲聲喊叫：「三〇〇五！你有種的過來！」

大家頓時啞口無言，停止進食；林春山仍舊叭嘰叭嘰嚼牛肉，面不改色，毫不在意，彷彿他並不知道發生什麼情況；楊恩禮橫眉冷視于祥生，半晌，嘴裡迸出氣憤的話：「少年吔，你欺侮老林，別人答應，我楊恩禮可不答應喲！」

于祥生指著鼻尖，反駁：「我欺侮他？還是他欺侮我？」

「坐下坐下快坐下，趕快吃年夜飯。」楊恩禮改換了息事寧人的口吻勸他。

那夜，等囚房的難友都已睡熟，林春山也發出輕微的鼾聲，而且開始咒罵起「幹你娘，雞歪……」楊恩禮才悄悄告訴于祥生：「你怎麼跟林春山發脾氣？他是你的岳父啊！」

這個祕密宛如一顆炸彈，震碎了于祥生的心。天上星多月不亮，地上坑多路不平，為啥倒楣的事都攤在我的親人身上？他想把這件事寫信告訴阿惠，囑咐她趕快來此探望從未謀面的父親。但是，楊恩禮阻止他，因為監獄寄出去的信件，一定通過郵檢，那會節外生枝連累阿惠。他認為這個祕密暫時埋在心底，等將來兩人出獄以後再認親，才真正獲得大團圓的喜劇結局。

阿惠把全副精力投入麵館生意上。濱海新屋落成，她租出去，月租一萬二。麵館後面加蓋一間書房，原準備給祥生夜間寫作，但是他被關進監獄，所以空著。新春開學前，一對青年夫婦向阿惠請求租屋，言明暫住半年，等師範學院配到宿舍，再搬出去。阿惠原先並不想出租，故意把房價提高一萬，誰知那位戴金絲眼鏡的青年教授卻說：「行，我馬上付出六萬元租金。」打開皮包，從包內取出六疊嶄新的千元鈔票。

「老闆娘，你不認識我麼？你先生還聽過我的課呢。」

「是嘛。」阿惠支吾著，不願多談其他的話。

這一對青年夫婦搬進來，阿惠便懊悔不已。原來這是一對野鴛鴦，女的在一家舞廳作舞女，時常夜闌人靜時回來；那位家住花蓮的風流教授，每隔十天、八天才和她團聚一宵。每次兩人重聚，總害得阿惠輾轉床側，難以入睡。也許男的吃了壯陽藥，把女的整得骨折肉顫，叫哭連天，讓阿惠聽起來如同女犯進入陰曹地府接受拔牙挖眼割舌頭的刑法一般。阿惠的丈夫不在身邊，她聽了如坐針氈，難受至極，恨不得拿起電話筒撥一一〇號報警。她像小孩兒過年放炮仗，又怕又愛。是啊，這是人間最悅耳的聲音，即使化一萬元也聽不到的美妙的男女交媾錄音啊！

白天，阿惠買菜、做菜，照顧生意，累得像一隻老牛；每隔十天、八天還熬夜聽錄音，不到兩月光景，她已瘦了，比吃過減肥藥還有效。

那天傍晚，青年教授挾著幾冊書，走進麵店。

「老闆娘，給我下一碗乾拌麵。」

阿惠每逢碰見他，心總會噗噗跳。那難聽的悅耳的男女做愛所發出的怪異聲，頓時在耳畔盪漾。她的臉覺得有點灼熱，心底湧出犯罪的感覺。

「楊老師，你知道不，過去我在你家開的精神病療養院作過清潔工。」阿惠把煮好的麵，放在桌前。

「啊，真的?」楊伯山有點驚喜,他剝開竹筷的外層紙,問她:「你見過我前妻呂娟麼?」

阿惠端過來一小碗清湯。「見過。外省婆，長得像電影明星胡因夢，真漂亮！」

「你過獎了。」楊伯山忍不住笑起來。拿起塑料湯匙，舀了一口清湯喝，開始吃起來。

自從楊伯山租下後面那一間小房，已有兩個多月，阿惠幾乎沒和他談過話。過去，楊伯山曾帶著女學生來麵店吃麵，阿惠似曾相識，但那是很久以前的事。她做夢也未想到這位外表非常斯文的青年教授，竟然是一匹披著西服外套的色狼。

阿惠正朝著門外的來往行人瞭望，不提防正在吸菸的楊伯山輕聲喚她，她走過去。

「你先生到哪兒去了？」楊伯山開門見山，問出這個敏感問題。

她的心起伏不定，支吾著說：「他在澎湖作小學老師。」

「不對吧。」楊伯山嘴角流露著嘲笑。「你瞞著我作什麼？咱們是同病相憐。」他壓低了聲音：「呂娟，她現在被關在綠島，比你先生還嚴重。唉！」

「他們什麼時候出來？」阿惠焦急地問。

「你問我，我問誰去？這個問題誰也不知道。別的案子可以化錢，可是牽涉到政治案情，任何人也不敢插手、過問。你知道麼，這個案子原來並不嚴重，可是重要嫌犯麥可鈞越獄逃亡，這就害慘了所有共犯，你先生也是受害人之一……」

「那個姓麥的共產黨，真是害人精！」阿惠憤恨地說。

楊伯山捂嘴直笑。半晌，他說：「麥可鈞去過廣州，這就是他的罪狀。他不應該去，若是他不講出來，誰知道他去過廣州呢？這不是自找苦頭吃？」

有客人進來吃麵，他們中止了談話。

自從呂娟牽涉《海王星詩刊》案被解送綠島，療養院的業務陷於停頓狀態。因此楊家為此事非常憂愁。最近傳出麥可鈞越獄逃亡消息，更使人感到撲朔迷離，陷於絕望邊緣。據楊伯山的一位作律師的朋友研判，麥某越獄逃亡，極可能是特務精心設計的安排。事實上監獄監控嚴密，無法逃亡。麥可鈞匪諜案根本是假案，他入獄之後，牽涉了胡凱等人遭受拘捕，既偵查不出任何具體罪狀，無法定讞，也難以遮掩世人耳目，於是假意讓主犯逃亡，草率結案。至於胡凱等人如何定罪，那只得聽命於特務的喜怒顏色了。

那夜，大雨傾盆。楊伯山的姘頭回臺北探親，只剩下一對孤男怨女，坐在燈前，漫談這件讓人窩心惱火的《海王星詩刊》冤獄事件。樓上的一對兒女，做完功課早已熟睡。他兩人披著睡衣，談到夜闌人靜，依然難捨難分。睡眼朦朧，她依稀地發現自己的丈夫祥生，坐在身旁，朝她傾訴愛慕的情話……

「我早就認識你了。阿惠，從我第一次遇見你，我就愛上了你。那年，我才十七歲，還是處男……」

她咯咯直笑。「你是寫小說吧？」

「不，是真的。我跟林厝公共茶室老闆商量，想帶你出去。他說曼莉是黃花處女，若是開苞要六萬。我只得垂頭喪氣走了。咱們倆沒緣份，若是你年輕兩歲，說良心話，我一定跪下向你求婚……阿惠……」楊伯山走向前去，抱住了她。

窗外的大雨，掩沒了屋內的翻雲覆雨的做愛聲。在阿惠的感覺裡，壓在她身體上的男人，不是別人，就是于清華和于湄的父親，所不同的，山東話換成臺灣話而已；連嘴巴的氣味、聳動的節奏、暢快的歡情聲浪也是一樣的。

直到窗外泛出魚肚白。雨停了。阿惠才懶洋洋地走上樓梯……

14

東方，湛藍的晨空現出一片耀目的彩霞，山風吹得人醺然欲睡。那一群穿著灰色制服的囚犯們，邁著不甚整齊的步伐，在輕脆的哨音中前進。他們嘶啞而不甚協調的歌聲，嚇得躲在樹叢中的鳥雀展翅飛向浩瀚的太平洋……

反攻，反攻，反攻大陸去，
反攻，反攻，反攻大陸去。
大陸是我們的國土，
大陸是我們的家園。
……………

走在行列中的于祥生，一直傾聽前面林春山發出的聲音。他久聞此人歌喉好，作過共軍文工團團員，從發生「白毛女」事件後，他再也不唱歌，甚至也不講話，只有在暗夜發出斷續的咒罵聲。

林春山正沉醉在歌聲裡，每次唱起這首軍歌，他總覺得如夢如煙，神魂顛倒，少年時的往事，也朦朦朧朧映現眼前……

臺灣光復那年秋天，一支部隊進入林厝村。阿山最愛看軍人出操、唱歌，表演舞獅、高蹺等文娛活動。那日，軍方派員到村中小學演講，宣傳抗戰勝利後的國內外形勢，以及當前國軍官兵的生活。

那位肩章綴著三根閃亮的銅條的軍官，操著不甚標準的國語，對臺下的青少年群眾宣傳「國家興亡，匹夫有責」的道理。他鼓勵青少年參加部隊，因為在軍隊學校化前提下，進入部隊等於讀書，接受文武合一的現代化教育。他宣傳國軍素質優良，官兵待遇優厚，父母妻兒有眷屬津貼，一切由政府負擔；最使阿山心動的是「服役兩年後，政府分配工作」，而且「保證不離開臺灣」。

阿山跑回家，把這個春天的消息稟告父母，父母無言以對。阿山走進臥房，發現妻子正挺著脹起的肚子，為即將出世的嬰兒縫製布衫。她聽了丈夫的話，眼圈紅了。她說：「若是將來你變了心，我和孩子依靠誰？」

年輕丈夫想不了那麼多，他愛妻子，也愛家園，但是他更有展翅飛翔的慾望。雖然林厝村有些青年想報名參加軍隊，但卻害怕部隊開赴中國大陸，遠離臺灣島。林春山卻不這麼想，他恨不得參軍後立刻渡海到大陸去，看一看那繁華的陌生的世界。果然，他參加軍隊，在花蓮訓練了兩個月，部隊便搭火車到了基隆，登上一艘黑色登陸艦。

「咱們到哪兒去？」他問排長。

「去上海接收日軍留下的倉庫。」排長說。

在沉悶的船艙裡，睡滿了沙丁魚般的穿草黃色軍裝的士兵。船在破浪前進。林春山的心，波濤起伏，他幻想中的高樓矗立的上海，正浮映在他的腦際。睡在他身前的一個老兵，正哼著荒腔走板的京劇：

我好比，籠中鳥，
有翅難展……
哎喲，我的老母呀，
若相逢除非是
夢裡團圓……

在士兵的一片嬉笑聲裡，林春山卻神色黯然，心中五味雜陳，說不出是啥滋味。臺灣海峽浩若煙海，他離家兩個多月，思鄉之情油然而生；如今他最懸掛的是妻子分娩平安否？生下的男的還是女的呢？

林秀惠從呱呱墜地，便不見爸爸的影子，也不知道爸爸身在何方？她的母親為了避免無謂的騷擾和麻煩，告訴女兒：「你爸患肺癌死了。」那時，她已病入膏肓，無藥可救，她對於離家遠行的丈夫，恨入骨髓。阿惠年幼無知，對於母親內心矛盾與複雜感情，也朦朦朧朧，似懂非懂，阿惠問：「爸什麼時候死了？」她思索了一下：「去年在上海死了。」直到母親彌留前夕，才向女兒傾吐出有關林春山的祕史。

從于祥生被關進監獄，阿惠的心便忐忑不安。她想起母親生前焚香禮佛算命卜卦祈求丈夫平安回來，結果竹籃打水一場空，她臨死也沒見到丈夫的身影。阿惠有一種預兆，她的丈夫也將走父親同一條路，今生今世難以返家了。

楊伯山的姘婦回臺北，轉到米高梅舞廳作舞女，楊伯山仍舊每隔一週來此住宿。男人年紀比她小五歲，身強力壯，營養好，而且嗜食海鮮，因此讓阿惠在性生活上獲得無比的滿足。

每次和楊伯山行房，阿惠總被搞得死去活來，若醉若痴。赤裸的軀體似一堆爛泥，癱臥床上喘氣。翌日一定腰酸背疼，像患了一場大病。阿惠心底有些疑惑，她從來沒見過這麼厲害的男人，使她既喜歡又感到畏懼。

那夜，她替男的用紙揩拭穢物，問：「聽說臺北酒廊有男人作牛郎，你咋不去幹那一行業？」

「我不是帥哥。」

「可是你功夫不錯。」

「這是我苦練而成的。」楊伯山驕傲地說：「我十七歲就參加了插沙黨。」

「沒見笑！（不要臉）」

那夜，楊伯山告訴她一個爆炸性的消息：林厝村失蹤二十多年的林春山，已經返回家鄉，目前關在監獄，跟他女婿于祥生在一起，兩人並不認識。這是楊伯山從堂叔楊恩禮那兒聽來的祕密。

阿惠聽了半信半疑，從她父親參加國軍去了大陸，隔阻著浩瀚的臺灣海峽，毫無訊息。如今返回臺灣，政府為啥把他關在監獄，到底他犯了什麼罪？阿惠氣得熱淚盈眶，她恨不得馬上去監獄探望父親，以滿足她夢寐以求的願望。

阿惠穿上內衣、三角褲，披上睡袍，低聲向楊伯山說：「我請你幫我作一件事，行麼？」男人以為對方借錢，面有難色。「什麼事？」阿惠誠懇地告訴他：「溪原村有一座聖王公廟所屬碧山寺，我小時候常跟母親去拜神求籤，聽說在深更半夜、天亮之前最靈驗。」她說：「帶我去碧山寺，現在就走，好不好？請你幫忙，拜託！」楊伯山原想拒絕，瞅了一眼桌上的座鐘，一點二十分。若是不堵車的話，五時天剛破曉便能回來。他無可奈何地說：「趕快去換衣服，我等你。」

路上，男的沉默不語。車子快駛到碧山寺，他囑咐阿惠一人進廟求籤，他回療養院拿東西，約莫半小時便回來接她。

阿惠滿懷悲戚而虔敬的心情，走進碧山寺。雖是夜間，善男信女前來求籤者卻不少。她取了香燭紙箔，先向神像跪拜禱告，然後分別為丈夫、父親求籤。她為祥生求出第十七籤，籤詩上的字是：

長江風浪漸漸靜，
於今得進可安寧。
必有貴人相扶助，
凶事脫出見太平。

她給父親求的籤詩，上面印著：

危險高山行通盡，
莫嫌此路有重重。
若見蘭桂漸漸發，
長蛇反轉變成龍。

香煙繚繞中，阿惠坐在昏黃燈光下，噙著熱淚，反覆地閱讀籤詩上的似懂非懂的詩句。終於她瞭解祥生會逢凶化吉，父親也轉危為安，過起太平日子。她等了約莫一小時，才發現楊伯山那輛銀灰色的車子，慢慢駛近碧山寺的門前。

阿惠跨進車廂，便把剛才求來的籤詩遞給他看。楊伯山瞄了一眼，開始轉動方向盤。問：「為啥兩張？」阿惠說：「還有祥生啊！」楊伯山冷笑著說：「你這個女人真貪心，既然要丈夫，又想要姘頭，你到底喜歡誰？咹？」阿惠聽得非常刺耳，恨不得命令他趕緊剎車，讓她下車，再攔一輛計程車回家。

車子在黑暗的公路上奔馳。路旁的巨大的招牌，閃爍著耀目的光輝，晃眼間掠過。遠方，煙籠霧鎖的暗處，出現密密麻麻的星火，那是花蓮。楊伯山哼著英文歌曲，左手操控方向盤，右手放在阿惠小腹上，默默朝胯間移動。阿惠感覺他的動作下流，聲音也令人作嘔。

「如果你有興趣的話，去汽車旅館行麼？天亮再送你回家。」

「真的，你沒騙我吧？」阿惠故意興奮地說：「你待我真好，不嫌棄我一身是病……」

「你有病？」男人瞪大眼珠，不解地問。

「我得過淋病、白帶、子宮炎；我還有B型肝炎病。」她慢慢地說。

「你為啥不早告訴我？」楊伯山抽回了右手，激動地說：「你這些病都是傳染病，你不早告訴我是不道德的。我問你，你為什麼拖到現在才告訴我？喫？」

「剛才我在廟裡燒香，良心發現……我……我對不起你！」

「害人哪！我早就說過，中國人最不講究道德！光會閉著眼呼口號，中國有五千年道德文明！幹，爛焦文明！」楊伯山愈說愈生氣，終於破口大罵起來。

阿惠凝聽著男人的怒罵聲，腦海湧現出于祥生魁偉挺拔的身影，她感到懊悔、羞恥；她恨不得立刻去監獄看望丈夫，擁吻丈夫，誇獎他才是自己最心愛的男人！

汽車駛近花蓮市區，阿惠轉頭向楊伯山說：「前面紅綠燈右彎，咱們去亞士都飯店！我請客。」

「現在才四點鐘，餐廳部還沒開業。」男人悻悻地說。

「不，開房間。我想要……」阿惠拽住他的右臂，故意撒嬌。

「你想，我不想！」男人甩開她的手，冷冷地說。

「幫幫忙嘛。人家月經快到，性慾強，幫幫忙行麼？」阿惠央求他。

「少來！」楊伯山真正翻了臉。「你別在我面前表演。這裡不是林厝公共茶室，曼莉小姐！……」

阿惠舉起右手，朝著楊伯山使勁打了兩拳。她覺得手指割裂刺痛，車子右輪胎沙地一聲，滑落路旁陰溝中。男人的近視眼鏡，已經破碎；她的手淌出鮮紅的血汁……阿惠推開車門，下車。攔住一輛計程車，揚長而去……

當天下午，楊伯山雇了兩名工人，把他的衣物書籍搬走了。阿惠如釋重負，內心覺得非常舒暢。

翌日，阿惠收到丈夫從監獄寄來的信。她看見那熟悉的筆跡，不禁熱淚盈眶。拆開信封，她忍不住笑起來！

親愛的秀惠：

春天，我要向你報告春天的喜訊，你的失散二十年的父親回來了！他竟然和我同住在一間囚房裡。這是上蒼憐憫我們，垂愛我們，才做了這樣巧合的安排。

起初，當恩禮叔悄悄告訴我有關你父親的祕史，我簡直不敢置信，甚至認為這是癡人說夢；通過將近三個多月的談話，才證實他就是當年從林厝村參加軍隊去大陸的林春山先生。那時，你的母親即將分娩，春山先生到達上海是十二月九日，而你的生日是十二月八日。他在上海停留三天，便開赴風雪籠罩的沂蒙山區和共軍作戰。

阿惠，親愛的妻：你不要難過，你應該咧開嘴巴笑。雖然他老人家跋涉萬水千山，受盡苦難磨練，如今能夠安然無恙返回故鄉，安度晚年，他畢竟仍是幸運的。如果你見到他時，不要感傷，也不要多談苦痛的往事，最好要談一些讓他快活的事情。他是一位歌唱家，曾在部隊文工團服務多年，歌喉渾圓有力，這一點你有父親的遺傳。可惜你從小環境不好，沒有受到音樂教育和鍛鍊，否則你一定成為優秀的歌手。

阿惠，因為沒有人作介紹，春山先生並不知道我是他的女婿。你如何介紹自己？為此事我非常憂慮犯愁。你來訪前，最好先給他老人家寫一封信，請酌。

祥生

淚眼朦朧，阿惠依稀記憶母親生前曾叮囑她，將來長大以後，少跟溪原村楊家交往。她批評楊家財大、氣粗，巴結官宦人家，看不起窮人。阿惠年小不懂事。上了小學，她才瞭解父親曾和溪原村的楊恩敏偷偷戀愛，後來被雙方家長發覺，林家沒作任何表示，但是楊家卻以門第觀念為由，瞧不起家境貧窮的林春山，便把女兒阿敏深鎖庭院，不准她和阿山會面。後來，林春山娶了妻子，阿敏卻一直沒有結婚。如今，她已經四十六歲了，仍然獨身，在花蓮一所中學作教師。

阿惠讀小學時便認識她，她非常疼愛阿惠，時常送給阿惠衣服用品。每次推讓半天，阿惠才紅著臉收下。她猜想：「也許楊阿姨是為了愛林春山，所以才終身未婚。」因此，她曾暗自許願，等將來賺了大錢，一定報答楊阿姨。

傍晚時分，門外飄起了雨絲，一位漂亮的中年婦女，挾著皮包走進麵店。阿惠定睛看時，原是好久不見的楊恩敏阿姨。她說：「我正想到您，您就來了！這真像最近上演的電影『第六感』，哈哈！楊阿姨，我下一碗湯麵給您，您坐！」

從于祥生入獄，楊恩敏只來過一次。她坐下來，隨手拿起《更生日報》，便問：「你沒去看祥生麼？」阿惠說：「昨天，我剛收到他一封信。」她猶豫了一下，終於把藏在抽屜內的信件，遞給楊恩敏。「阿姨，您看吧！」

阿惠煮了一碗熱騰騰香噴噴的陽春麵，送到她的桌前。便在旁邊腳凳坐下。

「我見過你爸了。他比過去稍微胖了一些。看起來他比實際年紀要小一些。」

「他身體還好麼？」

「不錯。」

半個月前，楊恩禮寫信囑她去監獄看一位熟朋友。楊恩敏發現一位面貌酷似林春山的囚犯，她不敢相信那個人是他。阿山離家二十載，音訊渺茫，即使他活在人間，也不會被關在監獄。早在五十年代初，從韓國回來一萬四千多位反共義士，阿敏便曾寫信去詢問有否林春山，結果並無此人。她感到非常失望。

那天，楊恩禮悄悄告訴妹妹，林春山返回臺灣，卻被關押在這裡。為了避免無謂的麻煩，阿敏戴上墨鏡，偷偷瞄了林春山幾眼，對方並沒有發現她。回來後，楊恩敏為此事思慮很久，始終找不到適當的方法和林春山會面。剛才她看罷于祥生寫給阿惠的信，卻帶給楊恩敏勇氣和力量，她堅決地說：

「下禮拜天，我帶你去監獄看他！」

15

春天，臺灣北部山村終日陰雨連綿，煙籠霧鎖，走在黏性的泥濘路上，十分吃力，若不小心還會滑跤。從營區去小鎮約兩華里，林春山每隔三天跑一趟郵局，親手把寫給情人阿敏女兒阿惠的信件貼上郵票，然後投進綠色郵筒中，這是他感覺最幸福最快樂的一件事。

林春山被分發在這個國軍心戰單位服務，恰似北宋年間林沖投奔梁山水泊，引起首領王倫的疑懼，他先把林沖監禁起來，進行調查考核，等到完全解除疑慮後，才准許林沖公開露面。那日，林春山在監獄接到軍方公文，限令他三日內前往臺灣北部報到，他被任用為陸軍政工少校心戰官。這件喜訊像一聲春雷，震驚了囚房中每一位難友的心。有人羨慕，有人妒忌，有人為他唱喜歌，也有人暗自說風涼話：「他媽的！早來不如晚來，誰叫咱民國三十八年跟著政府撤退來臺灣呢？穿破了十幾雙膠鞋，還是上等兵，喊三民主義萬歲喊成豆沙嗓子，還是以匪諜罪名蹲監獄。你看人家，坐著小艇跑過來，搖身一變就是反共義士，而且還當上了少校官兒！這還有啥天理啊？」

林春山出獄有了工作，最高興的則是楊恩禮和于祥生。他們兩人心裡明白，林春山在大陸二十年，因繫念妻子、情人始終未娶，恩敏因愛春山一直未嫁；天若有情，當庇佑天下有情人終成眷屬。林春山在親友一片祝福聲中，依戀不捨地坐上自強號列車，去了臺北……

林春山服務的心戰單位，位於臺北二十公里的北部丘陵地帶，營區附近盡是青翠的橘林和茶田，空氣新鮮，景致優美。如今正值梅雨季節，終日飄灑著淒風冷雨。他擔任的工作，每日閱讀中共廣播新聞輯要，進而研判可能的發展，及其內部矛盾，然後參與開會討論，制定每週心戰主題，作為廣播編輯寫稿的準則，以向海峽對岸共軍進行心理作戰。由於林春山的思維清晰，文筆流暢，他參加工作不久，便參加撰寫廣播稿。同時，他也利用空餘時間閱讀社會科學及文藝書刊。他長期在大陸生活，養成勤儉節省習慣，因此每月領到的工資、稿酬或工作獎金，他用掉極少，其他都儲存在小鎮郵局。

林春山和楊恩敏是青梅竹馬的伴侶。他們讀書時，林春山對阿敏像哥哥對待妹妹一樣，無微不至。長大以後，他離不開她，她也離不開他，即使兩人分開一二日，心裡都非常難過，像吃過隔夜的涼粽子一樣。那時他倆年紀還小，不懂得戀愛是啥滋味。後來林春山去大陸以後，他思念妻子，更思念阿敏，他在文工團時曾暗戀過一個長得酷似阿敏的女孩子，哈爾濱人，胸部豐滿，性情豪爽，會唱俄文歌也會講俄語。當時有一位留蘇的軍官追求她，林春山知難而退。這件祕史任何人也不知道。每逢想起此事，林春山總覺得對不起阿敏，像犯了罪一樣。

有一次，林春山實在憋不住，便把這件祕史寫信告訴了楊恩敏，楊恩敏非常感動。她又把這件祕史悄悄轉告阿惠，阿惠感動地淌下了眼淚。她抱住她的胳臂，誠懇地說：「阿姨！您和我爸結婚吧。我叫您媽，我跟祥生都會孝順您！」楊恩敏聽了這些話，羞紅了臉，竟然哭了！

熱戀中的男女，不管年齡大小，都有妒忌猜疑與患得患失矛盾心理。直白地說，在一起不覺什麼，只要離開數小時，便無安全感。林春山和楊恩敏一在臺北，一住花蓮，只靠書信維繫愛情，那跟麻繩拴豆腐差不多。

那天，楊恩敏接到林春山向她求婚的信，她感動地流了淚。若是臺灣光復前夕，她收到這封熱情洋溢求婚的信，她會毫不猶豫地答應下來。她瞭解這位質樸善良而充滿藝術氣質的男人，跟他在一起，只有歡樂沒有憂愁，即使一天兩餐番薯飯，日子過得也是甜蜜的。但是，如今年近半百，怎麼能夠披上婚紗禮服作新娘？何況「不孝有三，無後為大」，她寫信說：「我不僅不能生兒育女，恐怕我連一隻老鼠也生不出來了。」

林春山讀了她的信，笑得岔了氣，眼淚直流。他下定決心，趁著十月連續假期，回花蓮看望楊恩敏，當面向她求婚。同時他更掛念關在牢獄的恩禮和祥生，他們生活狀況如何？有否出獄的希望？

《海王星詩刊》事件，原來就是冤案假案和錯案，麥可鈞越獄潛逃將成為歷史上永遠無法揭開的謎。胡凱教授被釋放後，他恢復工作，回花蓮師院教書；呂娟出獄後返回觀海精神病療養院工作；劉雲在監獄追求巫姍，兩人出獄後去了臺北可能已同居。但是，只有于祥生還蹲在原來的囚房，每天和楊恩禮談魯迅、談河上肇、談謝雪紅，談賴和呂赫若楊逵……于祥生活得有滋有味，樂不思蜀，他幾乎忘記自己是一名政治犯了。

眼看別人陸續出獄，而自己的丈夫卻仍在監牢中，阿惠心裡五味雜陳，不知是啥滋味。她從上次跟楊伯山去溪原村碧山寺求籤回來，對於祥生出獄信心滿懷，但是時間拖得愈久，她從失望到絕望；後來，她把一肚子怨氣都出在楊恩禮身上。

當初呂娟、胡凱、麥可鈞送往綠島，巫姍、劉雲押到臺東泰源監獄，只有祥生關在花蓮監獄，阿惠為這種安排暗自欣喜：她最耽心丈夫在獄中和呂娟舊情復燃，同時更懼怕丈夫和同學巫姍發生畸戀。如今，祥生和無期徒刑政治犯楊恩禮朝夕相處，情若父子，那他怎麼還有出獄的希望？

雖然阿惠憂心如焚，為丈夫不能出獄而焦灼不安；但是「皇帝不急，急死太監」，祥生卻在牢獄談笑風生，怡然自得，彷彿他要和楊恩禮共進退，誓把牢底坐穿，他已經成為一個置生死於度外的革命家了。

從入獄一年多來，于祥生跟基桑學習了很多東西，不僅文學知識，同時對現實政治有了認識，因此，于祥生便活得快樂瀟洒起來。過去，祥生看報紙、聽廣播、看電視，對於那群官僚政客的嘴臉，感到厭惡、齷齪與悲哀；他總覺得眼前烏雲蔽日，睜開眼睛和閉上眼睛，同樣是一片濛茫幽邃的黑暗世界，這種景象彷彿他少年時幻想中的陰曹地府一樣。

有一次，他在放風時，曾把這種感受講給楊恩禮聽。基桑思索了一會兒，低聲說：「高爾基的詩稿《海燕》裡有一句詩：『烏雲是遮不住太陽的。』記住這句詩，你就不那麼灰心絕望了。」

祥生抬起了頭，朝著遠方黑色的圍牆眺望，牆垛上圍著通電流的鐵絲網。圍牆外是烏雲密佈的蒼空，一隻海鳥在默默飛翔。這時，聽得身後的基桑說：「你看過歌仔戲麼？」他點點頭。基桑說：「壞蛋、奸臣在舞臺上演戲，你在臺下看得非常清楚，你用不著激動生氣，也不必咬牙切齒，哈，別忘了他們是演戲！……他們不久就會下臺！」

祥生咀嚼著他的話，產生了疑慮問題。便問：

「照您這麼說，咱們對現實問題，不聞不問？不看報、不聽廣播、也不看電視新聞，對麼？」

「不對！」楊恩禮斬釘截鐵地說：「知識分子要以國家興亡為己任。你對現實政治不聞不問怎麼行？知識分子不能作隱士，那是最恥辱的稱號！」

雖然楊恩禮被判處無期徒刑，他將終身在這座濱海的監獄生活，直到心臟停止跳動。直白地說，他已喪失一個公民的義務與權利。但是，監獄對他的言行，每一分鐘都在進行嚴密的考核監控。這也是《海王星詩刊》案所有嫌犯陸續釋放，唯有于祥生仍被關押的原因。

有一天，楊恩禮和于祥生在放風時，躲在圍牆旁的一株鳳凰樹下聊天。被獄方拍下照片，並且錄影。從兩人面部現出的凝重、憂鬱表情，可以判斷他們確是談論非常機密而重要的話題。

深夜，于祥生從夢中被帶出囚房進行審訊。特務開門見山，說明他和楊恩禮參加臺灣自由社會黨，準備在監獄吸收黨員，發展組織，以裡應外合進行顛覆政府活動。特務和風細雨地說：「老楊已經坦白招供，他吸收你為黨員兼組織部長，你對這件事有啥意見？」

于祥生面孔發熱，心噗噗直跳。冷笑著搖頭。「沒這回事，這完全是謠言！」

「謠言？」特務把卷宗內的兩幀放大照片，遞給祥生：「你說，你和老楊站在樹底下，鬼鬼祟祟談話，談的不是發展臺灣社會黨的事情麼？」

于祥生朝那兩幀照片瞄了一眼，笑了。

「談的什麼，能透露一點麼?」

「當然可以。最好能登《中央日報》，擴大宣傳，才有影響力量。」于祥生理直氣壯地說。

從黑暗的角落，傳來一片窸窣地竊笑聲。

在于祥生的心目中，楊恩禮是英雄、學者、偶像。他是一位樂觀主義者。從于祥生入獄一年多來，他從未見楊恩禮嘆過一口氣。可是，今天下午放風，在鳳凰樹下，楊恩禮流淚了……于祥生的眼圈泛紅，聲音有些哽咽，中止了談話。

特務遞給他一枝香菸，用打火機替他燃著。

「楊恩禮最近在中山室看書報雜誌，最關心海峽對岸爆發的所謂無產階級文化大革命，成千上萬知識青年、作家、藝術家上山下鄉，進行勞動改造；廣大的高級院校的學者教授被批成牛鬼蛇神，任意由紅衛兵羞辱毆打。他跟我談起這件事，激動地淌下了眼淚。」

「為啥他流眼淚?」

「他懊悔……失望……」

「啊?」特務的眉毛聳動一下，傾聽下去。

「『為有犧牲多壯志，敢教日月換新天』。當年，共產黨團結了四億五千萬工農群眾知識分子鬧革命，戰無不勝，攻無不克，短暫的三年多時間統一全中國，靠的是人心向背啊！……為啥到了現在，飛鳥盡良弓藏，狡兔死走狗烹，這怎麼不讓人寒心呢？」

特務睜大了眼，凝望坐在對面的祥生。在旁邊作紀錄的青年，握著鋼筆在發楞。屋內的畫面如切斷的電影膠片，呈定格狀。

于祥生吸了一口菸，打破沉悶的空氣。他說：「早在五十年代，胡風被批成反黨分子，基桑就對共產黨不滿。基桑在日本東京留學，見過胡風，後來還把楊逵寫的《送報伕》小說寄給胡風。胡風反共，這是絕對不可能的事。這和謝雪紅被批成反黨分子一樣，讓人感到寒心……我的話扯得太遠了。如果你們要處置楊恩禮，那就先把我槍斃吧！民國三十八年六月從廣州到了澎湖，我就是政治嫌疑犯，我這頂紅帽子今生今世恐怕摘不掉了！……」他竟然哈哈大笑起來。

特務發出一陣苦笑。他揉搓著手，和藹地說：「楊恩禮當年親共，這一點你能否認麼？」

「他是臺共領導人謝雪紅的親密戰友，我當然知道。」于祥生低聲說：「我也知道蔣經國先生在蘇聯，參加了共產黨，這是屬於過去的歷史，提它有什麼用呢？」

「依照你的觀點，對於老楊怎麼處置？」

「釋放他。趁著他體力還行，讓他為社會做點工作。不然一直關押在監獄，這是浪費。」

于祥生接著以激動的口吻說：「蔣總統不是對共產黨員發表談話說：『不是敵人，就是同志』嗎？那你們為什麼把楊恩禮看成敵人？他是一個人材啊！」

那夜，因為審訊折騰了半夜，于祥生受了風寒，腦袋昏沉疼痛，吃了阿斯匹靈藥片，睡了一天才起床。翌日，他收到阿惠寄來的信，信中夾了一份《更生日報》的剪報，原來是一則結婚啟事：

我倆已於九月二十八日在臺北狀元樓結婚，特此敬告花蓮諸親友

林春山
楊恩敏　敬啟

這件喜事確實使楊恩禮于祥生感到震驚，他倆看了剪報，瞠目結舌，無言以對，不過內心是非常愉快的。

林春山原計畫十月結婚，為了遷就楊恩敏的婚假，所以才決定九月二十八日教師節結婚。他們當日上午在臺北地方法院參加公證結婚，晚間在狀元樓宴客。除了新娘的大學時代老同學，其他都是心戰單位的同事。那晚，林春山非常興奮，多喝了兩杯酒，在客人熱烈祝福聲裡，他竟然引吭高歌。他先唱「飲酒歌」，再唱「歸來吧，蘇蘭多」；起初，新娘還泛嘀咕，

怕阿山唱得荒腔走板，貽笑大方；聽了幾句以後，她竟被阿山那渾厚悅耳的歌聲所迷醉。跟他交往這麼久，她做夢也沒想到阿山是一個傑出的音樂藝術家！

林春山的新房位於小鎮東首，傍山靠河，是一棟兩層樓房。新婚夜，新娘沖過淋水浴，披上天藍色綢緞睡袍，款步而來，嫵媚動人，儀態萬千。讓新郎看得宛如仙女下凡，如幻如夢如醉如痴，他迎上前去抱起了她，嘴裡發出輕柔細語：「小親親，我的親親肉肉……」他把新娘放在柔軟的彈簧床上。

熄了燈，窗外的山風，輕拂綠色窗帘，拂在一對男女的裸體上。他吻她的眸子鼻尖耳腮嘴唇，她嗤嗤地因怕搔癢而笑。

「我問你，你在大陸二十多年，沒結過婚？」

他搖頭。

這是老詞兒。她已問過七七四十九九九八十一遍了。

她伸出柔細的右手指，撥弄新郎的肥厚的耳朵。問：「你不是追過一個長得像我的女團員？後來為啥吹了？」他說：「我不是告訴過你，當時有一個留蘇的大校軍官追她，我怕惹麻煩，所以知難而退……」新娘抿嘴直笑：「有啥麻煩？留學蘇聯就高人一等麼，屁！」新郎也笑了：「哈，你不瞭解大陸情況。沒有調查沒有發言權。」驀地，他俯下身子吮吸那只豐滿的乳房，新娘渾身顫抖、抽搐，伸開兩隻柔嫩的胳臂摟住他，胯部徐緩地向前挪動。嘴中像含著一顆檳榔，慢慢地說：「不要緊，不要緊……你今天累了，睡吧……」新郎渾身冒出一層虛汗，半晌，黃豆粒大的淚珠，洒落在女人的乳房上。

「你……哭了？」女的從枕旁抽出兩張面紙，替他擦眼淚。

「對不起，我……不應該……結婚。」男的囁嚅著說。

「阿山，我和你結婚，不是……為了這個。」新娘誠懇地說：「我實話告訴你，我還怕這個……若萬一懷了孕怎麼辦？多可怕呀！你說是不是？……」

新郎聽不進她的話，他把羊毛毯蒙住面孔，嗚嗚地哭了。

「阿山好阿山，你別哭，今天是咱倆大喜日子！你小時候爬樹抓麻雀，不小心從樹幹上掉下來，摔在河溝裡……你不但不哭，你還笑哩。阿山，我就是從那一天起，我喜歡你，你知道麼？」

林春山搖頭說：「不知道。」

阿敏翻身坐起來，問：「你今年到底多大了？」

「四十九。」

「少騙人啦。過了九月二十一的生日，你已經滿五十了。」阿敏噗哧笑了！

窗外，從遙遠的山後，傳來兩聲報曉的雞啼。

16

新婚蜜月期間，林家小樓彌漫著濃重的歡樂氣息。新娘在廚房忙著做菜，新郎躲在書房趕寫心戰稿件，他心猿意馬，放下了筆，便去翻閱案前的那冊既厚且重的《辭海》，他迅速地找出「陽痿」一條：

成年男子性功能障礙之一。陰莖不能勃起或勃起不堅，因而不能性交。絕大多數是由於精神和心理因素而引起，少數患者可因生殖器發育不全、疾病、神經系統病變或某些全身性疾患所致。防治：前者應針對病人的思想認識進行解釋，正確對待性生活和解除顧慮；後者應針對病因進行治療。還可進行體育療法和勞動鍛鍊等。中醫學上亦稱「陰痿」。認為多由精氣虧耗、腎陽虛衰所致，治宜補腎、益精、壯陽。如因思慮驚恐過度，損傷心脾和腎氣的，多兼心悸易驚、心煩失眠等症，治宜調養心脾，補益腎氣。

不提防新娘從靠椅背後摟住新郎的頸子，嘲笑他說：「寫心戰稿還參考這種東西呀？羞、羞、羞，沒見笑！」新郎站起來返身抱住她，她狠命掙扎，兩人哈哈笑成一團。

新娘的堂兄楊恩仁在臺北開診所，是一位著名的泌尿科大夫。但是他患癲癇病，為了怕遺傳下一代，他娶了一個妻子是石女。他倆結婚已經三十多年，感情非常融洽。「咱倆結婚，我沒通知他，他瞧不起我哥哥，我也瞧不起他！……」

「啥叫石女？」

「查《辭海》呀！」

老林翻開《辭海》前面「筆劃查字表」，發現「石部」上有「石女」一詞：

中醫學名詞。亦稱「實女」。指先天性陰道口閉鎖或狹小的女性。包括子宮生理畸形缺陷等。部分病例可用手術治療。

提起堂兄楊恩仁，她便生氣。從恩禮被關進監獄十多年，恩仁、恩同兄弟從來沒去看望過，為了怕沾惹上共產黨嫌疑，他倆和恩禮劃清政治界線。她吃飯一邊談家務事：「雖然恩仁是一名泌尿科專家，卻治癒不了妻子的陰道阻塞症，這不是上蒼在懲罰他麼！」阿敏用筷子挾了一塊牛肉，放在丈夫碗裡，笑了起來：「這兩年臺灣經濟好轉，一些企業家飽暖思淫欲，一窩蜂跑去找阿仁看病，阿仁發財了，他眼睛長在頭頂上了！」

「我的毛病，請他治療一下行麼？」

「不行！」新娘翻了臉，激動地說：「就算你的毛病一輩子好不了，也不能去找他！」

老林擱下飯碗，用面紙擦嘴。站起來，伸出粗壯有力的胳臂，環抱著新娘的脖頸，俯耳問：「如果我的毛病好不了，你會不會把我開除？」

「會。」新娘親暱地對他說：「也許給你記大過兩次，留校察看。」

雖然楊恩敏嘴上這麼說，其實她根本沒把此事放在心裡。一位從未嚐過酒的人，既不知酒的香醇可口，更不知飲酒樂趣；因為她向來滴酒不沾，不喜歡飲酒，卻只覺酒味既苦又辣。你送她一瓶陳年高粱，甚至上等法國XO酒，她也無動於衷。一個從未享受性生活的老處女，也是如此。婚後，阿敏和丈夫朝夕相聚，耳鬢廝磨，其樂融融；但等婚假期滿，她即將收拾旅行袋，返回花蓮時，她只覺肝腸欲裂，痛苦難言，淚珠簌簌地掉了下來。

臨別前夕，月亮特別圓。他們把晚餐擺在陽臺的茶几上。一盤白斬雞，一盤毛豆炒蝦仁，都是新娘做的。老林從櫃中取出一小瓶金門大麴酒，斟上兩盅。

「愛人，敬你。」他用濃重的花蓮鄉音，開始和阿敏談話。她端起玻璃酒盅，抿了一小口，皺起眉頭。男人哈哈笑起來。

他倆從少年時代唱歌玩橡皮筋跳房子談起，談的都是方言，有時老林發音彆扭，新娘馬上糾正他。聊林厝村的變遷，也聊溪原村的人物滄桑史……終於扯到「觀海精神病療養院」創辦人楊恩同身上。

臺灣光復初，為了療養院，他和一個從上海來的衛生局官員，發生齷齪，從此他痛恨外省官僚。二十多年來楊恩同長住東京，偶而返鄉，也只是蜻蜓點水而已。住在溪原村的鄉親，已經兩年多沒見過楊恩同了。

「他在日本做什麼？」老林挾了一粒蝦仁，填進嘴裡。

「搞臺灣獨立運動。他負責編輯《臺灣青年》雜誌。」阿敏接著叮囑他：「這件事你可千萬別對外講呀！」

空氣沉悶。老林給阿敏盛了一碗米飯。他甕聲甕氣地說：「當初我是不應該離開臺灣，去了大陸，既然去了大陸，我就不應該再回來！回來三年多，蹲了三年監獄，這說明了什麼？這是臺灣人的悲哀！」

「你不要想那麼多。你跟于祥生來比，你比你女婿幸運。他在澎湖坐黑牢，特務用扁擔抽他，抽斷了十幾根扁擔，這既不是臺灣人的悲哀，也不是山東人的悲哀，這是炎黃子孫的悲哀！」

那夜，兩人內心燃起熾烈的火苗，難捨難分。雪白的床單，躺著一個雪白的胴體。老林貪婪地吻她啃她咬她，感情被肚內的酒精燃燒起來，他如同長白山嶺追捕野獸的獵戶，把阿敏壓在他寬闊多毛的胸膛下，聽得阿敏突然叫喚起來。

「哎喲喲，受不了……啊！」

老林彷彿聽到衝鋒的號角，熱烈的掌聲，凱旋的吶喊……他端著一枝三八式步槍，奮臂呼喚，「宜將剩勇追窮寇，不可沽名學霸王」；躺在身子底下的阿敏，任她呻吟呼喊救命，他也顧不了那麼多了！拚搏了一個多鐘頭，雪白床單濕了一大片。兩隻返歸自然的裸蛙，癱臥在彈簧床上喘氣……

半晌，新郎驕傲地說：「怎麼樣？五十歲了，還行吧？」

「我不……知……道……」她發出輕微的顫抖聲音。

老林翻身坐起來，把尼龍被搭在阿敏小腹上。下床，去浴室沖澡。等他回來，阿敏已睡熟了。

楊恩敏結婚的消息，隨著《更生日報》傳遍花蓮市大街小巷。阿惠清晨打開店門，拾起報紙，猛然發現刊頭下面套紅結婚啟事，大吃一驚，為啥父親和楊阿姨結婚，我不知道？阿惠覺得委曲，眼淚不由地簌簌流下來。她趕緊把報紙剪下來，寫好信封，貼足郵票，準備寄給監獄的丈夫，讓他也知道這件喜事。

中午，麵店生意正忙碌時，郵差送來一封信。原來是老林從臺北寄來的。信內附有一張結婚照片。

惠兒：

我已於九月二十八日教師節在北市地方法院和恩敏結婚，並在狀元樓宴客。因倉促決定結婚日期，雙方親屬均未邀約參加婚禮。況且我身為現職軍人，而且對臺灣風俗習慣陌生，這些相信你會理解。我已託恩敏給你和孫兒捎去巧克力糖、廣東臘肉和烏魚子。等明年恩敏搬來西部定居時，我再邀你和孫兒來玩。祥生出獄有消息麼，甚念。

春山燈下草

每次收到老林的信，阿惠總得看上四、五遍，才明白信中寫的內容。因為他習慣寫簡體字，而且橫寫，這在阿惠看起來不但吃力，而且彆扭。阿惠對於這一封信，只看了一遍，便塞進抽屜了。她對於結婚照片也無興趣，老爸穿著不合身材的西裝，領帶歪扭，讓人一看像個老芋仔；楊阿姨眉毛劃得太粗，好像歌仔戲團的老旦。她想：「為啥過去她這麼漂亮，現在作了新娘，當了我的媽，為啥變成醜八怪呢？」阿惠下定決心，等楊阿姨來時，她扭頭朝後面走，誰也不認識誰！

傍晚，楊恩敏提著塑料袋，穿著天藍色洋裝，走進麵店。阿惠趕緊擦手迎上前去，喊了一聲「媽！」熱淚奪眶而出。阿惠若不是兩手油漬，恨不得撲進楊阿姨的懷裡。

麵店生意正忙，楊阿姨脫去外套，幫著端麵、切滷菜、結賬，好像她是老闆娘一般。幾個師院夜間部學生，用疑惑的眼光瞅她。她問：「你們吃什麼？」一個小青年扭扭捏捏地說：「楊老師，我們要六碗陽春麵。」

一位年逾五旬的老芋仔走近阿惠，付了麵錢，低聲和阿惠搭訕：「于太太，你不認識我了？我叫陸泰南，過去于組長在野戰醫院，我到你家來過。于組長還好吧？」

阿惠有些尷尬，卻悄悄告訴他：「他在花蓮監獄。」

那位操豫北方言的退伍老兵，皺著眉頭說：「以後店裡有啥重活，叫孩子去喊我。我就住在前面『榮民之家』。」他走到門口又轉回頭：「過兩天，我去看望于組長。」

當陸泰南熱淚滿眶，站在于祥生面前時，讓于祥生嚇了一跳。別離短暫數載，倒恍如隔世之慼。這個質樸誠實被大時代侮辱與損害的老兵，走出軍營兩眼烏黑，作了半載無業遊民，睡公園工寮地下道火車站廢棄倉庫。他幹過水泥臨時工，抬過磚頭，賣過愛國獎券，三日打魚兩日晒網，到頭來坐吃山空，餓得耳聾眼花，像隱匿地穴數月剛爬出的土撥鼠。後來，他硬著頭皮去榮民輔導會求援。榮民者，榮譽國民也。他去理髮店推了平頭，刮淨鬍髭，掏盡耳膜內吱吱拉拉的耳屎。繳齊了兩吋半身照片、退伍令、身分證影印本，圖章，等了不到七個半月，陸泰南終於撥雲見日，重見光明，拿著批准的證件，昂步挺胸走進了花木扶疏房舍寬敞的花蓮榮民之家。

那天報到，老陸流下熱淚。

如今，他發現于祥生一襲灰色囚衣，向他微笑。老芋仔嘴巴硬心腸軟，又流下眼淚……

「你好麼，組長？」

「還好。」

「你瘦了，沒病麼？」

他搖搖頭。

有關《海王星詩刊》專案，原來是情治機關爭取成績而羅織的冤案錯案假案，主犯早已處理，其他從犯也先後出獄。于祥生出獄是指日可待的。但是，春節監獄舉行大掃除，獄方檢獲了反政府油印傳單，傳單由「臺灣民主社會黨」發出，題為「告忍受四百年悲情的臺灣同胞書」。

這份祕密文件指出：

二十多年來，臺灣這個番薯形狀的海島，從人口、面積、教育文化和生產力等條件而言，臺灣已有獨立建國的可能性。我們應拋棄大中國沙文主義的幻想，面對現實，建設民主而繁榮的社會。

有少數地主、資本家讚揚臺灣的土地政策是蔣家政權的德政，其實當初蔣家政權實施土地改革的動機，則是為了削弱臺灣內部的反對力量。從清朝起統治臺灣的政府官員，都來自地主階級。蔣介石為了鞏固他的統治地位，先在一九四七年「二・二八事變」屠殺了兩萬臺灣領導人物，又於一九五〇年開展土地改革，打倒了傳統的臺灣地主階級，從此地方力量一蹶不振，廣大農民在農產品價格的壓抑、苛捐雜稅，以及肥料換穀政策剝削下，每日為了糊口在生死邊緣掙扎。他們哪有力量反抗呢？

在中國近代史上，只有兩個政黨操縱億萬人民的命運：一個是極右的國民黨，一個是極左的共產黨。我們臺灣同胞受了四百年外來政權的統治，為了活下去，為了下一代昂首做人，我們要擺脫這兩個政黨的枷鎖，放棄對這個政黨的依賴心理。在國民黨與共產黨之外，選擇光明的大道前進——建立了臺灣民主社會黨。

同胞們！當前臺灣革命形勢好轉，在政府機關、地方團體、軍隊、學校、報社、廣播電臺、商業貿易機構、監獄、工廠和廣大農村，都有臺灣民主社會黨員在活動。

同胞們！我們的革命道路是曲折的，前途是光明的。臺灣民主社會黨萬歲！

那天，于祥生拾獲一份傳單，解大便時默讀一遍，他覺得臺灣還有這些拋頭顱洒熱血的人，不管它的政治論點是否偏激或狹隘，但總是值得重視的事實。他猶豫了數日，才祕密地塞給楊恩禮。

那天放風時，楊恩禮警告他，以後千萬不可撿拾這種傳單，那會腦袋搬家的。他看過便撕碎丟進尿桶。果然，獄方展開大規模檢查，結果毫無所獲。雖然獄中特務審訊過于祥生，那僅是應付差事，不得不做。在他們的初步研判，從事臺灣獨立運動乃是臺灣人做的事，像于祥生這種具有退伍軍人身分的外省人，他既打不進去也不會參與，最多也只是搖旗吶喊的馬前卒而已。

為了徹底解決散發傳單案，監獄成立專案小組，研討傳單的來源及其影響。那天開會，與會人員發言踴躍。不少人把嫌疑分子指向楊恩禮。

一位從臺北來的老牌特務，悶聲不動默默吸菸，嘴角發出冷笑。等大家意見作出歸納，他清理了一下喉嚨，翻開政治犯名冊，用濃重的浙東方言說：「楊恩禮絕對沒有嫌疑，他是臺共預備黨員，……他向來是反對臺灣獨立，這個是……共產黨是反對分裂的。你們把方向搞錯了！」

「你認為誰的嫌疑大？」有人問他。

「二〇〇四，于祥生。」他輕描淡寫卻是斬釘截鐵地說。

會場發出一陣低沉的笑聲。

「不要笑。這是一個嚴肅的話題。」這位出身蘭幹班的幹部，菸癮特大，一根接一根吸不停。講話還能吐煙圈。「這個是……馬克思說：『人是客觀的存在物。』這個是……山東人在臺灣住上三十年，浙江人在臺灣住上三十年，就一定對臺灣有感情，這個是……他們跟臺灣人會一樣關心臺灣前途。假使有這麼一個山東人，他覺得國民黨不好，共產黨也不好，這個是……他參加臺灣民主社會黨，是天經地義的事呀！」

「照你這麼說，這些反動傳單是于祥生散發的？」有人提出質疑問題。

「總的來說，于祥生是一個關鍵人物。不一定是他散發傳單。反動傳單是在于祥生囚房搜查出來的，這個是……于祥生就是嫌疑犯！」

于祥生受到監獄嚴密的監視，他一直蒙在鼓裡。甚至連楊恩禮也以為他即將出獄呢。

陸泰南在榮民之家，生活安定，他有謀生的自由，只是每月繳福利金。按照他在外面所得的工資，作象徵性的扣繳以作公共福利。于祥生請他去麵店幫忙，每晚回榮民之家睡覺。至於報酬，祥生不好意思當面說，他託老陸捎給阿惠的信上，寫明每月工資暫付一萬六千元。

那天陸泰南去探監，帶的水果、點心都通過嚴密檢查；離獄時，獄方工作人員還檢查了那封信，抬頭問：「他家開飯館，生意還不錯麼，一個月給你一萬六！嘿嘿。」

老陸不願和對方囉嗦，心裡默想：「老子過去看管政治犯的時候，你狗日的還不知道在哪兒喝西北風呢？」

暮色蒼茫，他搭客運汽車返回花蓮。

17

楊恩禮被調離花蓮監獄，解往綠島，在許多獄友心目中是一件小事，但它卻給于祥生帶來憂鬱緊張與不安。他擔心這位曾被判處死刑的政治犯調離，凶多吉少，說不定馬上祕密處決；等他調離花蓮監獄半月，于祥生收到他從綠島寄來的信，心裡的石頭落了地。手握著信箋，于祥生的熱淚簌簌地掉下來。

于祥生從入獄以來，受到楊恩禮思想上極大的影響。縱然現在離開了他，但他彷彿仍舊睡在身旁，和他談話、散步。楊恩禮曾悄悄告誡他：「不要把蹲監獄看作苦惱的事，要把監獄視為『自修大學』。列寧、托洛斯基曾在俄國沙皇時代牢獄裡讀了大量革命書籍，寫出不少重要的文件，他們把監獄看成『自修大學』，你要記住這句話啊！」

有一次，楊恩禮患了感冒，面孔泛紅，鼻涕直流。躺在床上流淚。

「基桑，你別難過，喝下這些熱開水，你就會退燒了。」于祥生扶著他坐起，喝熱開水。不久，他流了汗。額頭已有涼意。楊恩禮徐緩地睜開眼睛，嘴角露出微笑。說：「祥生，我真羨慕陀思妥耶夫斯基呀！他坐牢，年紀很大的時候，和一位年僅十九歲的安娜・格里戈里耶芙娜結婚。哈哈，我這一輩子只有作……白日夢了！哈哈！」

「基桑，你不要悲觀，你一定可以出獄的。」于祥生安慰他說。

在楊恩禮的心目中，臺灣是萬古如長夜的地方，即使出獄和關在監獄一樣。因此他從花蓮移押綠島，看作從囚房走到庭院，毫無快樂或痛苦的感覺，唯一讓他難以割捨的則是于祥生這個難友。

對於基桑這種悲觀論調，于祥生有時也不以為然。他說：「你認為政府裡面沒有一個清官麼？國民黨裡面沒有一個好人麼？」

「不，你誤會了！」楊恩禮揮動著兩隻手，激動地說：「我知道政府裡面，有不少奉公守法、勤勤懇懇的官員，我也知道國民黨裡面有些優秀的黨員，若不然國民黨怎麼維持了七八十年呢？但是，好人少壞人多天才少蠢材多，從上到下自私自利陽奉陰違，一年到頭唱喜歌喊口號粉飾太平，你想這個政府還有什麼希望？」

楊恩禮走後，于祥生朝思暮想，心中難過。他像牛一樣反芻咀嚼著基桑的悲觀論調，愈咀嚼愈覺得不是滋味。窗外的雲層厚，壓在于祥生的心坎上，使他幾乎喘不過氣來。

那天，烏雲密布，飄著濛濛的細雨。陸泰南來監獄看望他，帶來一件讓他吃驚的噩耗，原任師野戰醫院政治室主任蔡璞，最近蹈海自殺。他的新聞刊登在《更生日報》上。蔡璞是因孫潛佛潛返大陸案撤職，他起初在瑞穗一座中學任代課教師，時常感到胃部疼痛，他寧肯去藥房買胃藥吃也不肯去醫院求診。拖了一年多，他骨瘦如柴，腹部鼓脹，只得返回野戰醫院。通過檢查，醫師診斷蔡璞患了肝硬化病。蔡璞萬念俱灰，便在一個月黑風高夜，獨自溜到海濱，爬上崖石，等潮漲時刻跳崖自殺了。

當年，于祥生在澎湖被捕，以及呂娟被押往臺北的祕史，已隨時間的泡沫沖逝，即使原先參與辦案的人，也已煙消雲散，無法對證了。只有站在眼前的這位老榮民陸泰南，還依稀地記憶昔年拘捕他們二人的前因後果……

蔡璞從呂娟包袱中搜出那本小說《引力》，起初尚不覺什麼。在他的心目中，小說是消閒解悶、風花雪月的讀物，不像政治宣傳文件，可以煽動軍心士氣，破壞反共陣營。那晚，蔡璞在燈前無意之間翻這本書，發現扉頁上有這樣的題詞：

這本小說作者是山東鄒平人，所寫內容相當精彩，猶如我們流亡學生的生活寫照。送

贈

呂娟好友紀念

三十八年四月湖南新化、藍田

祥生

看完這段題詞，引起蔡璞的注意。既然這本小說反映了「流亡學生生活」，那他可以從這本小說摸清了他們的思想、觀念與感情。蔡璞隨同小說主人公，逃出日軍盤據的濟南，跋涉萬水千山，吃冷飯、喝涼水，滿腔熱誠奔向了八路軍、共產黨駐地——陝北延安……蔡璞的床前菸缸丟滿了菸蒂，他的心噗噗直跳。不看不知道，一看嚇一跳。他披上衣服，走向隔壁辦公室，趁夜闌人靜，頭腦清醒，他簽報了一件重大的「李廣田反動作品專案」。翌晨，蔡璞把原書附帶挾在極機密卷宗內，親自送到專案組長手中。

當天，呂娟被捕。押到馬公雞籠頭海濱一座營房。一週後，押解桶盤嶼。陸泰南便是在桶盤嶼暗堡獄室認識呂娟的。

蔡璞為了發現這件共諜案，受到獎勵，並晉升上尉。但他不久便發覺這是非常草率的事，呂娟從未翻閱過那本小說《引力》，而且寧安小組的特務，暴露出向流亡學生反攻倒算的報復心理，寧肯錯殺三千，不能放過一人。蔡璞開始彷徨不安。後來，他被調離寧安小組，返一一五團政治室任幹事。

當年，蔡璞確實認為于祥生有共黨嫌疑，他曾問過于祥生，為何看李廣田的小說？是否藉此來煽動同學反抗行動，擾亂民心士氣？于祥生支吾以對，日久天長，他們對這些敏感的政治問題也逐漸麻痺了。

若是蔡璞不回野戰醫院看病，他決不會遇到原三十九師寧安小組的成員郭奇，而且也不會通過驗血檢查出肝癌末期絕症；這兩件事給予蔡璞無情的打擊，導致他走上自殺之路。

郭奇雖在師政治部作中校保防組長，但因出身行伍，面臨退休，正愁出路。驟然遇見骨瘦如柴的老戰友，喜不自禁，聊了一些近況，郭奇便悄悄告訴他一件機密消息：孫潛佛從東京潛返大陸，中共依照他的願望，返回河南開封和家人團聚。他和他年近八旬的母親相擁哭泣的照片，製成傳單，從海峽對岸廈門用砲宣彈射至金門島。郭奇說：「孫醫官回河南不久，便和一個女護士結婚。他倆同在開封人民醫院外科病房服務。」

「不錯嘛！老孫五十出頭，走運啦！」蔡璞苦笑著說：「他可把我整慘了！撤職下來，只領了兩萬保險費！」

「你聽我說，老蔡，孫潛佛最近出事了！法院誣指他是美帝特務，潛返回國的破壞分子！最後，孫醫官自殺了！」郭奇沒頭沒尾地說。

蔡璞搖頭嘆息，卻聽不懂郭奇的話。

「也是孫潛佛倒楣，他給一位患闌尾炎的病人開刀，因為病人耽誤了求診時間，腸子早已穿孔流血了。加上那天是七月一號放假，值班醫護人員少，血庫的存血不多，沒有搶救成功，那位市委書記就死了……」

「市委書記是什麼官？」蔡璞問。

「等於市長。」郭奇說：「這可闖下滔天大禍了！」

儘管蔡璞因孫潛佛潛返大陸遭受撤職，但他聽到孫潛佛自殺的噩耗，仍是歔欷不已。

于祥生聽到孫潛佛自殺，悲痛至極。他懊悔當年沒有促成呂娟和他結婚，否則他也不會潛返故鄉，落得這個下場。于祥生給呂娟寫了一封信，把孫潛佛的事情，講得一清二楚。隔了半月，他終於收到呂娟的回信。

祥生：

信悉。關於孫大夫的事，我覺得並不值得同情，這是他應得的報償。一個離過婚的女人，即使破鏡重圓，再回到前夫的身邊，他們的生活也不見得幸福、美滿。老孫當初是懷抱著主觀的浪漫主義，返回大陸。他的動機是純潔的，絲毫沒有政治因素；但是對方卻戴著有色眼鏡觀看他，這是國共鬥爭史的傳統技倆，這也是中國人民的悲哀。

老孫早年是為了救國救民投考國防醫學院，他是一個技術高超的外科大夫，他救治了無數的傷患官兵，包括我在內，但是他卻用外科手術刀割腕自殺，結束自己的生命。

我這次進入監獄，獲益良多。並非在獄內讀了什麼書，而是我在獄內冷靜思考一切現實問題。我覺得過去所思所感和理想抱負是幼稚的、空洞的、虛無主義的；尤其是我在臺北渡過一段荒唐歲月，思想起來愧煞人也！陶淵明〈歸去來兮辭〉寫得好，最能表達我的心情。「歸去來兮，田園將蕪胡不歸！既自以心為形役，奚惆悵而獨悲？悟已往之不諫，知來者之可追。實迷途其未遠，覺今是而昨非……」祥生啊祥生，我們從青年時代走過的這條崎嶇道路，以及發生的事故，回憶起來真是「覺今是而昨非」啊！

盼你出獄後樂觀奮鬥，闊步前進！

呂娟

于祥生讀了呂娟的信，像中學時期看數學題，茫然不曉。她的「今是」是什麼？「昨非」又是什麼？呂娟出獄後仍舊回「觀海精神病療養院」服務，她一天到晚和精神病人打交道，那怎是陶淵明式的田園生活？

那夜，氣壓低垂，窗外傳來唰唰的雨聲。于祥生輾轉反側，思東想西，難以入睡。朦朧間，聽得睡在靠窗的一角，發出窸窣的碎響，不一會兒，那人呻吟了一聲，翻了個身，睡了。

他每隔十天半月都聽到這熟悉聲音。睡在窗下的是一個四十出頭的政治犯，他因為偷聽共黨廣播，平日牢騷多，有一次參加年終校閱，他向戰友說：「你看老頭子快走不動了，他還連任總統幹什麼？為啥想不開呢？」這話被人密告，他以共諜嫌疑入獄。他進囚房時，有人問他叫什麼名字？

「佘朗。」

「啥？——色狼！」囚房揚起一片歡笑聲。

佘朗確是一匹名副其實的色狼，他愛講葷話，逗得大家笑聲不斷；他時常在夜間手淫，有時達到高潮竟然喊叫起來，把人從夢中驚醒。但是囚房的難友並不怨恨他，因為都知道他性慾特強，而且被判十年實在冤枉。

佘朗卻毫不覺得委屈。他在陸軍當排長，每天跑步爬吊桿扔手榴彈讀軍人魂革命魂民族正氣唱莫等待莫依賴勝利決不會天上掉下來，一天下來累得精疲力竭，熄燈軍號吹起他往床上一躺，睡得像一堆爛泥；即使十七八的大閨女光著腚走來摟住他脖子親嘴，他也無法消受。如今進了監獄坐牢，佘朗認為是「長期休假」。一天三餐混日子，其樂無窮。美中不足的是「摸不著女人屁股」。

佘朗對於于祥生很尊敬，也許由於他是中尉，于祥生是少校，其實同為受刑人，也分不出軍階高低了，主要的還是投緣，兩人有共同的語言。對於佘朗入獄，據于祥生的客觀分析，並非他參加校閱，對蔣總統說了不甚恭敬的話。佘朗是鳳山陸軍軍官訓練班的畢業學員，這是孫立人親自訓練的所謂「新軍幹部」。這些學員學術科比較紮實、進步，他們分發陸軍基層連隊，深受歡迎。但是孫立人因叛亂案被軟禁後，所有軍訓班出身的幹部，都遭受池魚之殃。佘朗因孫案而被判處十年有期徒刑，在于祥生看來，實在荒唐、冤枉，滑稽可笑！這種案情若是講給外國人聽，對方一定瞠目結舌，茫然不解。

這個樂觀主義者，當他被捕通過審訊判刑畫押時，他神色鎮定，毫不怯場。彷彿魯迅筆下的阿Q進了刑堂，法官喚他畫押時，他手捏著筆雖然在抖動，但心裡卻坦然自若，倒以為人生天地之間，大約本來有時要抓進抓出，有時要在紙上畫圓圈的。

有一天，在放風時，佘朗低聲對于祥生說：「為什麼老頭子這麼自私呢？他把孫立人軟禁起來，我不服氣呀！就算把我馬上槍斃，我也不承認孫立人是叛徒！他對老頭子擁護、效忠，真是鞠躬盡瘁，死而後已！為什麼黃埔系統的就容不下他，妒忌他，排擠他，把他拉下馬，這豈不是讓親者痛、仇者快麼？」

佘朗講到此處，竟然熱淚盈眶，讓于祥生大感意外。這麼一個好色之徒，卻對長官尊敬如此執著，他過去實在有眼無珠，低估了這位難友。

雖然佘朗被捕以後，挨過不少次毒打，可是他卻毫無恨意。他的口頭禪，傳遍花蓮監獄，幾乎每個獄友都朗朗上口。「該死該活屌朝上」，這句北方土話翻譯成臺灣話，讓人聽起來格外滑稽可笑。

當初佘朗隨同山東地方部隊撤退到澎湖，編到三十九師通信營當文書。他對當時迫害山東流亡學生的實況，瞭若指掌。有一次，他發現師部下了一道極機密文件，飭所屬單位為了鞏固革命陣容，防止敵人滲透，每月應主動檢舉共嫌分子二員，送請師部寧安小組處理。佘朗看了這件公文，嚇得心噗噗直跳。有一晚，他聽到營長和指導員談話。

「一個月限令咱營繳出兩名匪諜，這怎麼辦？這又不是出公差，分派勤務，他媽的！」營長罵起來。

「這個辦法是對付流亡學生，咱不必管它。等上邊來催，我再想辦法……」指導員胸有成竹地說。

佘朗心裡明白，大陸失陷，如今只剩下臺澎彈丸之地，若是再有共諜分子，那是非常危險的事。這支曾活躍在膠東地區的地方部隊，多為即墨、諸城、高密、萊陽的農民，有的是父子叔侄關係，也有兄弟姻親關係，甚至誰家種著幾畝地，誰家養了多少牲畜，有的也數家珍般講述出來。這些同甘苦共患難的同志，渡海來澎受盡暈船之苦，編進三十九師委屈降級，有口難言，如今指令每月主動檢舉匪諜二員，押到師部送死，他們心裡是啥滋味呢？

那夜，營長祕密集合班長以上幹部開會。在一盞閃爍的煤氣燈下，佘朗發現營長滿臉掛著晶瑩的淚水。他把這件公文講完，帶著感傷的聲調說：

「同志們！八年抗戰，咱山東犧牲了幾百萬壯丁生命。如今退守澎湖，政府抓匪諜是為了保護臺灣軍民，也是保護咱山東鄉親同志。唉，這咋辦呢？咱營從來沒有報過匪諜，師部催了七八五十六遍，再拖，等於抗命，抗命要判處死刑啊。人家其他的基層單位，平均已經繳出去十名匪諜了。這一次，咱營只送一名，為了辦這樁事兒，咱營指導員差一點兒給師部長官磕頭……」

營長哽咽起來，不能繼續講下去了。

忽然，人群中有人舉起手，喊著：「報告營長，我願意當匪諜！」

大家轉向站在牆角的佘朗，忍不住想笑，卻又想哭。他那誠懇的聲音，直爽而勇敢的性格，感人肺腑。

當夜，佘朗被槍兵押到馬公雞籠頭寧安小組辦公室。

佘朗在獄中填寫匪諜自白書：他十七歲參加中共膠東軍區任戰士。曾因攻襲濰縣有功，蒙膠東區委書記、書法家舒同接見嘉勉，陪同會見的有副書記賴可可、組織部長趙明、宣傳部長薛尚實。後來，一九四八年十一月，他在萊陽王家莊被山東地方部隊俘虜，編到趙保元部任下士副班長，後隨同部隊撤退來澎湖，編入陸軍三十九師通信營任上士文書。佘朗的自白書是真實的情況。不過，他確實奉公守法，沒有作顛覆活動；其實他也不知道如何活動。

當初特務原想把他祕密處死，因為他考取了孫立人辦的鳳山第四軍訓班，為了部隊榮譽，放他一條生路。

18

那晚，于祥生撿拾到一張臺灣民主社會黨印發的祕密傳單。他在昏弱燈光下，看到傳單印著一段文字：

過去四百年來，苦難的臺灣人民，在異族統治下，淪為農奴、二等國民，一再受到外來政權擺佈、侮辱。臺灣人民始終扮演著舞女的角色，首先陪著荷蘭人，而後陪著鄭成功、滿清帝王、日本軍閥和國民黨。國民黨政府全力禁止人民唱「苦酒滿杯」，卻禁不了人民內心的辛酸悲痛。可憐的臺灣人民，陪著國民黨忍辱歡笑，前程黑濛濛，不知什麼時候咱們才能出頭天，真正做自己的主人？

于祥生感到納悶，這傳單到底從哪兒來的？誰散發的？為啥他連續撿到這種祕密傳單？若是被監獄管理人員查獲，他將被處以重罪。正躊躇中，隊長喚他去談話。首先，于祥生把傳單交出來，他說：「政府應該檢討一下，為啥臺灣同胞發牢騷呢？我認為光是抓人、搜傳單沒有用，應該以釜底抽薪的辦法，推行民主政治，徹底平息民怨。」于祥生說著熱淚盈眶，停頓片刻，繼續地說：「傳單上印著臺灣人民可憐，難道我們山東人不可憐？」他嚎啕大哭起來。

隊長從衣袋掏出一盒雙喜牌香菸，遞給他一枝，兩人吸菸。

「于祥生，你別難過。三民主義以愛為出發點，共產主義以恨為出發點。你坐牢冤枉，我心裡明白。可這有什麼辦法呢？豈止你冤枉？孫立人案扯出幾十人坐牢，這其中有很多對於國家有貢獻的幹部。連我也不服氣……」隊長猛烈地吸了兩口菸，皺起眉頭：「你們山東流亡學生在澎湖的情況，我很瞭解。李輝跟我聊起此事就罵陳誠。李輝是我軍校十六期同學，他非常賞識你……唉，好人不長壽……」

「他怎麼了？」于祥生驚訝地問：「他不是在步兵學校麼？」

「上個月……自殺……了。」

「為啥？」

「思鄉心切，前途茫茫，一句話，想不開麼。」隊長抬頭朝窗外瞅了一眼說：「他跟我一樣，老婆孩子都拋在徐州駱駝山……」

「隊長！」于祥生撲向他緊握住他的雙手，眼淚淌在清瘦的臉上。

「這是天意。」隊長苦笑著說：「咱們的民族沒有希望了！除非，除非海峽兩岸產生一個像摩西那樣的人物，他才可以拯救咱們。」

于祥生被隊長喚去談話，造成整個囚房獄友的不安。最關心的是佘朗。大家圍在于祥生的身旁，詢問他們談的啥話。

「隊長問我撿到傳單沒有？」

「什麼傳單？」佘朗搶先問。

「反動傳單。」于祥生說，「如果撿到傳單，趕快繳上去，免得惹麻煩。」

「隊長還問你啥？」有人插話。

「隊長勸我安心在監獄生活，不必胡思亂想。他說三民主義以愛為出發點，共產主義以恨為出發點……」

「哈哈！」有人笑起來。「這個道理，誰不知道，還用著他說？初級政治教育課本第三課就有這兩句話，我背得滾瓜爛熟！」

大家鬨然大笑。

「什麼愛呀恨的，三民主義共產主義，在我佘朗看起來，爺倆比雞巴——一個屌樣！」

屋裡的犯人笑得東倒西歪，鬧成一團。

昏弱的燈光下，佘朗四仰八叉倒在床上，唱起他時常唱的那四句山東民謠。他唱得如泣如訴，令人肝腸欲斷，心亂如麻，聽起來宛如一首喪歌。於是，于祥生也跟隨著唱起來了。

一不埋怨天，
二不埋怨地，
只怨咱家命不濟，
生長在這亂世裡。

全體難友鼓掌叫好。但是，佘朗唱完這首民謠，淚流滿面，像剛洗罷了臉，尚未使手巾擦拭；于祥生垂下了頭，發出低沉的啜泣聲……

于祥生出獄的消息，像蔚藍天空響起一陣春雷，也像在漫長的抗日戰爭歲月裡，驟然聽見收音機播出日本天皇裕仁發表無條件投降的講話。于祥生到家那天，阿惠特地做了豬腳麵線給他吃。為了驅逐身上霉氣，于祥生脫去汗衫、褲頭和襪子，扔進垃圾箱引火焚成灰燼。晚上洗過熱水澡，兩夫婦便寬衣解帶，熄燈做愛。雖然祥生久未嚐到肉味，卻豪氣不減當年，整得阿惠呻吟不止，像婦女生頭胎孩子一樣。

「你怎麼這麼厲害？」女人在他耳旁嘀咕。

「過獎。」他謙虛地說。

「吃春藥了？」

「我在監獄，買什麼都不容易。哪有這種稀罕東西？」祥生結婚以來，他和阿惠沒有隔夜的話。自從佘朗入獄以後，他每逢週末講授一小時房中術。他講課採取理論與實踐相結合方法，最能吸引聽眾。佘朗授課是在熄燈過後，躺在床上執行。為了報償佘朗講課辛勞，每月大家湊錢買一條長壽牌香菸給他。于祥生聽了半年的房中術，想不到還真派上用場。阿惠愈聽愈興奮，愈做愈快活，她變成了一隻貪饞的野貓，直磨到東方泛出魚肚白，才相擁而睡。

于祥生出獄，彷彿脫胎換骨變了。他每天在麵店照顧生意，有時去菜市場採購食品。師院夜間部通知他去補修學分，他猶豫不決，後來胡凱老師親自勸他，他才繼續讀夜間部。

胡凱在綠島結識了許多政治犯，特別是孫立人案牽涉的郭廷亮，最為冤枉。他從死刑已改為無期徒刑，後來改判有期徒刑十五年。胡凱從郭廷亮共諜案對政府已完全絕望。他下定決心，有生之年決不關心政治。他說過去看曾今可填的詞：「國家事管他娘，打打麻將」，感到強烈不滿，如今才恍然大悟，對於國事不聞不問，才能平安生活。對於國共鬥爭，胡凱談到犧牲的成千上萬青年，也許有歷史意義，也許成為「千古是非心，一夕漁樵話」。

過去，胡凱和呂娟在綠島坐監牢時，兩人曾談過話。出獄後卻再也沒有聯絡。于祥生見胡老師年近半百，生活潦倒，他想為他和呂娟撮合，結為夫婦。今後兩人生活也可以彼此照顧。

「不行呀！」胡凱搖頭說：「我那座鐘，已經六點半了！」

雖然于祥生哈哈大笑，可心裡卻牢記此事。翌日，他打電話和呂娟商議此事。呂娟對胡凱印象不錯，還表示自己條件配不上對方。祥生喜出望外，一不留神說出葷話來：「胡先生說，他的鐘六點半，你願意麼？」

「願意。」呂娟爽朗地說：「你告訴他，我呂娟專門會修理鐘錶。」

「你要幫助胡老師修鐘，功德無量。他可真是一位文學家呀！」于祥生誠懇地說。

「你放心。我要不給他的鐘修理成十二點整，我不要一毛錢。」呂娟在電話筒傳來快活的笑聲。

從那個週末，于祥生邀約他們二人在亞士都飯店餐敘，過了兩個月，于祥生向胡凱探聽喜訊。胡凱苦笑，搖頭。原來呂娟自出獄以後，便祕密參加了臺灣民主社會黨，主管臺灣花東地區宣傳工作。胡凱討厭搞政治活動，因此兩人在志趣上不同，交往了一段時間，便分道揚鑣，各奔前程。

過去呂娟為了宣傳，曾將宣傳品祕密夾在報紙內，分別寄到監獄的囚房。有一次，她曾在一份印刷品中夾了傳單，寄給花蓮監獄的于祥生，妄圖僥倖過關。不料這份傳單仍被獄方查扣，因此引起特務對于祥生的疑慮。他在監獄久久不能釋放，就是這個緣故。不過這件祕史呂娟和祥生都不知道。

花蓮的高樓大廈，宛如雨後春筍，從四面八方冒出了頭，最後矗立起來，蔚成了城市的繁榮。阿惠買了一輛裕隆牌小轎車，時常去股票市場轉悠。麵店，如今已交給陸泰南主持。有時祥生也幫助照顧生意。自從學府路開了一家麥當勞店，由於屋舍寬敞，並設有滑梯、鞦韆等兒童遊樂設備，出售的牛肉漢堡、炸薯條、可口可樂和咖啡，吸引了老中青顧客。因而于家麵店生意一落千丈。有時整個晚上賣不了十碗陽春麵。

阿惠如今把全副精神放在股票生意上。隨著股票的漲跌起落，血壓升降。每值晚間樓上的兒女睡熟，他們夫婦沖過熱水浴，披上睡衣在臥房燈下聊天，阿惠講的便是股票經，讓祥生聽得茫然，毫無興趣。

「睡吧。」男人催她。

女人坐在燈下，把晚報的證券行情，逐條研究思索。她投資的是橡膠類股票，但對營造建材類、造紙類、食品類和電子類股票漲跌情況，也關心備至。兒女如今對母親漸漸疏遠了感情。于湄曾在飯桌前噘嘴埋怨：「媽不愛我和哥哥，她愛股票分析師。」阿惠紅著臉辯駁說：「你們不懂啊！投資股票才會賺大錢，等我發了財，咱們也搬去臺北住。劉雲吃空心菜泡飯，我給你們天天吃聖誕大餐！」

每逢遇到股票漲停板，阿惠便樂不可支。有時連壁燈也不熄就急著脫睡衣上床摟抱丈夫，兩人鯉魚躍龍門，翻雲覆雨乘風破浪，直玩到渾身汗水淋漓如兩隻纏鬥一起的泥鰍，方才罷休。

阿惠為了減肥，早晨喝一杯咖啡，中午在股票市場附近吃一盤蔬菜沙拉，只有晚飯才吃上大半碗米飯和一點素菜。不過她精神很好，性慾特強，讓于祥生有招架不住之感。阿惠變了，阿惠也瘦了。錢，錢，錢，命相連，她腦海中裝的只是美鈔黃金股票和新臺幣。阿惠隨著臺灣經濟起飛，她的心飄浮在浩瀚的天空。

阿惠變了，劉雲和巫姍也變了。劉雲再也不用流雲筆名寫詩了。甚至他提起寫詩，引以為恥。劉雲寫信勸于祥生離開花蓮，移民海外。「即使開車子、洗盤子，作洗衣工人也比蹲在臺灣幸福。」他在信中讚美美國加州的天空呈蔚藍色，滿山遍野的水果和鮮花。他說美國謀生並不困難。他打算到了舊金山，開一爿臺灣小吃店。目前劉雲和巫姍正在臺北學習臺灣小吃做法，他倆已學會做蚵仔麵線、香菇肉焿、排骨酥湯、筒仔米糕、咖哩雞飯、蚵仔煎、魷魚焿、花枝焿、魯肉飯、油飯、碗粿、當歸鴨、米苔目、薑母鴨、麻辣臭豆腐、羊肉爐、麻辣火鍋。劉雲在信中向祥生招手：「趕快下決心移民吧，美國才是幸福的樂園！」于祥生看罷此信，揉成一團，扔進了垃圾桶。

為了撈鈔票，阿惠簽六合彩，把濱海的公寓房屋抵押巨款，送進投資公司放高利貸。于祥生茫然不曉。自從他和阿惠結婚，每月領到的薪餉工資，悉數交給阿惠。他愛阿惠，信任阿惠，他總覺得委屈了阿惠。他如今見阿惠財迷轉向，逐漸走上歧路，卻捨不得責備她。有時，祥生皺著眉頭，哼起那首跟佘朗學會的山東民謠：

一不埋怨天，
二不埋怨地，
只怨咱家命不濟，
生長在這亂世裡。

嘿嘿！于清華笑了。哈，爸唱歌真爛。于湄批評父親荒腔走板的民謠，真不好聽。雖然他們兄妹會唱長亭外古道邊芳草碧連天，也會背誦床前明月光疑是地上霜舉頭望明月低頭思故鄉，但是這兩個國民小學高年級學生卻聽不懂這首山東民謠的深意。山東也者，只是地圖上的一個地方，實質上距離他們太遙遠了！

于湄從小就有叛逆性格。她填寫籍貫，捏起鉛筆，小肉手寫出「山東妻雨」四字。祥生看了火冒三丈，質問她：「你是山東哪一縣人？」

「山東棲……霞。」女兒翻眼珠，好不容易背誦出來。

「那你為啥寫成『山東妻雨』呢？」祥生氣咻咻罵她。

「棲霞……筆劃多，不好……寫。」女兒的眼淚，奪眶而出了。

那日，于祥生心情壞，把一肚子悶氣發洩在女兒于湄身上。「你這個死丫頭！數典忘祖……什麼東西！才唸了兩三年書就把自己祖先忘了。你的書唸到哪兒去了？唉，唸到狗肚子裡去了是不是？……融四歲，能讓梨，你九歲了，連棲霞也不會寫。明天不要去上學了，幫助你媽洗碗，給客人端麵……」

于湄放聲大哭起來。誰勸她也不聽，她哭，接著向父親頂嘴：「我不是山東……棲霞人！我是臺灣花蓮人！嗚嗚……嗚……」阿惠把她摟在懷裡，哄她，給她擦眼淚。

于祥生氣得血壓猛升，頭暈，倒在床上。結果，父女二人病臥三天，才恢復正常作息生活。

有一個假日，阿惠帶孩子去林厝村吃喜酒，他在麵店照顧生意。無意之間他偷看了于湄的「日記」。

上星期日，余敏芝家的花狗生了五隻小狗，她要送我一隻。我回家告訴媽媽，她非常高興。可是爸爸堅決反對。他說小狗不講衛生，晚上吵鬧無法寫作、睡覺。像我爸爸這種沒有愛心的人，我相信花蓮找不著第二個吧。我媽老是袒護爸爸，說他十七歲離開山東老家，沒有人愛他，甚至用扁擔打他的身體，說他是共產黨。我覺得媽的話不對。別人打你，不愛你，你就不愛小狗了嗎？如果不愛護小動物，那你怎麼會寫出有感情的文章？怪不得每次郵差送信，總會有爸爸的退稿。我決不同情爸爸，這是他自作自受、不知悔改的報應啊！

于湄思想細致，情感豐富，有文藝細胞。但是于清華卻大腦單純，四肢發達，一天到晚在籃球場消磨時光。他打算長大以後去作船員；遨遊四海，給母親帶回旁司冷霜尼龍絲襪櫻桃罐頭和毛線團，也給爸爸買回一件貂皮大衣，讓他渡過濕冷多雨的冬季。

對於兒子的浪漫主義的幻想，祥生付之一笑。但是阿惠卻寧肯啥也不要，也捨不得兒子一年到頭在汪洋大海中飄蕩；她唯一的願望是清華混到大學畢業文憑，將來回花蓮作生意，娶妻生子，繁衍下一代……

19

于祥生回家半年多來，心裡並不暢快，甚至還比不上在監獄瀟洒自在。他想起楊恩禮常說的話，即使出獄和關在監獄一樣，因為臺灣是萬古如長夜的地方。

阿惠投資的那家公司倒閉，她損失了五百多萬。海邊的公寓房子眼看破產。她買進的股票也被套牢。每天，阿惠頭也不梳，臉也不洗，像一個精神病患者，拿著一枝漏水的派克鋼筆，反覆地抄寫一本線裝書上印的詩句：

來時糊塗去時迷，
空在人間走這回。
未曾生我誰是我，
生我之時我是誰。
長大成人方是我，
合眼朦朧又是誰。

不如不來又不去，
來時歡喜去時悲。
悲歡離合多勞慮，
何日清閒誰得知。

祥生走近看她寫字，問她這是什麼意思？她茫然搖頭。阿惠確實不懂這些充滿禪意的詩句。她的眼睛飽噙著淚花，讓祥生看了肝腸欲裂，痛楚萬分。

「你別難過。錢是身外之物。俗話說，破財免災。你想一想，咱倆當年結婚的時候，家裡只有一張床，兩把籐椅，連一個塑料衣架都買不起。阿惠，苦日子捱過來了，咱還怕什麼？」祥生安慰她。他真耽心阿惠一時想不開，吃農藥自殺，那這個家可真完了！

于祥生拿起桌上的報紙，指給她看：「你參加東南亞旅行團，到菲律賓新加坡馬來西亞泰國轉一圈兒，最後在香港買點東西回國，行唄？」

阿惠的眼珠眨巴了幾下，搖頭說：「化這麼多錢。我也不會說英文。我不去。」

雖然于祥生撥電話向旅行社詢問，可是阿惠卻堅持不去。她性格執拗，說不去就不去，即使免費招待她也不去。阿惠情緒低落，影響了丈夫和兒女，也影響了生意。陸泰南患糖尿病，腳趾潰爛難以走路，他已無力照顧生意。因此麵店呈癱瘓狀態。

楊恩禮病逝綠島監獄，使于祥生悲傷萬分。過去楊恩禮常說監獄是一所自修大學，離開監獄，祥生才悟出其中道理。他倆分手時，祥生曾淌著眼淚，悄聲對他說：「基桑，你是臺灣人，我是山東人，咱們是一根籐上結的苦瓜。基桑，你是我的老師，你這一輩子太委屈了！政府對不起你，也不愛護你，你可要多保重啊！」

綠島監獄通知死者家屬，楊恩禮因腦溢血搶救無效致死。他生前留下遺囑，骨灰洒在綠島海中。不過獄方並未依照他的意願執行，通知家屬前去收屍了事。

祥生記得有一天，楊恩禮握緊他的手，臉上呈現出堅定樂觀的笑容。他說即使他把牢底坐穿，無怨無悔，他要爭取重獲自由的一天！

阿惠的病情逐漸惡化，她每日喃喃自語，咒罵政府官員，批判上蒼不公，害得她的父母丈夫都沒有好下場；遇到激動的時候，她會大聲吼罵兩句「幹你娘——雞歪！」祥生勸慰她，甚至向她下跪，求她去醫院看病。

「我沒病，你拉我去醫院作什麼？你咒我早一天死，你討小老婆是不是？」阿惠吼叫起來。

祥生走投無路，跑到「觀海精神病療養院」請呂娟幫忙。呂娟知道阿惠過去在療養院作過清潔工，便和祥生商量，就說聘她返院作管理員，這樣連哄帶騙才把阿惠送進療養院。

阿惠走了，家裡清靜而落寞。在晚間燈前愁聽兒女的談話和笑聲，于祥生心如刀絞，難受至極。

于清華立志學習農業，長大後在花蓮開拓菜園，種植新品種的瓜果蔬菜，讓廣大同胞吃出健康；于湄初中畢業投考護專，決心在花蓮作一輩子護士，為母親和鄉里阿姨叔叔服務。

那天，于祥生接到澎湖內垵中學的聘書，大吃一驚。縱然這是當年他填寫的志願，卻也是天公有意巧安排。祥生驚喜交加，和一對兒女商議此事。

「我去了澎湖，你們兩個咋辦？」

「我會煮飯、炒菜，也會管錢。到了假日，哥哥騎摩托車載我去溪原村療養院看望媽媽。」于湄搶先說。

「爸，你得按月給我們寄錢呀！」男孩子傻糊糊地說。

聽了兒女天真的話語，既讓于祥生感到幸福，也使他感到傷悲。他默默地整理行囊、書籍，準備在開學以前趕到澎湖。

那日，祥生去胡凱教授家還書，順便辭行。上了樓，聽到狗的吠聲。原來主人在陽臺上放了一隻鐵籠，養了兩隻黃狗。祥生一進客廳就埋怨他說：「老師，你自己的事已經夠忙碌了，還養這兩隻狗作啥？」胡凱低聲偷笑：「你不懂呀。嘻嘻。派出所警員老是訪問我，我嫌煩。養了這兩隻狗，客人討厭，他們有一個多月沒來了。真好。我想過些日子把狗送到鄉下去。我心裡捨不得。因為狗是最有感情的動物，養狗是一種生活樂趣啊！」

于祥生出獄以後，警局管區警員也是定期訪問，這是規定。他覺得胡凱教授為了杜絕警員訪問而養狗，滑稽可笑。這跟牛頓在牆壁挖兩個洞，讓大貓鑽大洞小貓鑽小洞一樣。

那晚，胡凱在五權街一家川菜館為他餞行。多喝兩杯酒，胡凱興致更濃，情不自禁背誦起元曲來。他說，去澎湖西嶼鄉工作是解脫也是享受，那兒的海水空氣樹木花草瓜果菜蔬都是新鮮的，絲毫不會受到污染。胡凱勸祥生不看報不聽廣播不看電視節目，只專心閱讀文學，充實學問，作一個優秀的國文教師。胡凱還勸導祥生忘掉過去，展望未來，咱們下一代是充滿希望和光明，這不是教條主義的話，而是鐵的事實！到了二十一世紀，那就是炎黃子孫出頭露臉的時代了！胡教授愈說愈興奮，酒也一杯接一杯喝下去。等他們走出菜館，胡凱已經醉了。

于祥生自從把妻子送進療養院，心中愧疚萬分。因為他是把阿惠連哄帶騙拖走的，阿惠根本不承認自己有病，而是接任那座療養院的環境維護小組長。那日，祥生把她送到療養院，她像一個小女孩似的東瞅瞅西望望，又蹦又跳，快活得很。她伸出手，向丈夫道別。「你走吧！有空來玩，沒空寫信，拜啦。」一扭頭，不見了人影。祥生的眼淚流下來了。

呂娟送他到門外，叮囑祥生：「按照療養院的規定，家屬最好少來看望病人，那會影響病人的情緒。她在這裡一方面工作，一方面療養，用不了一兩年就會復原出院。」

這次祥生去療養院向妻子辭行，卻見她臉色蒼白，躺在白色的病榻上睡覺，嘴中發出輕勻的鼾聲。站在祥生身旁的一位護士低聲說：「她剛吃了鎮靜藥，至少要睡上四小時。」祥生端望著阿惠那削瘦而美麗的面孔，熱淚滿腮，他恨不得撲上前去抱住她，誓願自己再回花蓮監獄，讓她過著身心健康的麵館老闆娘生活。「這真是造孽啊！你們這些開投資公司的不得好死啊！害得我阿惠精神分裂……」他終於低聲啜泣起來。

「走吧！」護士催促他說。

于祥生走進院長辦公室，發現呂娟正拿著話筒講話，她揮手示意請祥生坐在沙發上。祥生呆若木雞，等呂娟擱下電話筒，祥生撲通一聲跪在地板上，哭泣著說：「呂娟，我求求你，救我的阿惠……」呂娟跑近來扶起祥生，笑著說：「阿惠是你的，也是我的，也是臺灣人民的。你哭啥？怕啥？我計畫再過三年競選縣議員，聘阿惠作宣傳股長哩。哈哈！」于祥生擦乾眼淚，問她：「你選那個……幹啥？」呂娟理直氣壯地說：「爭取民主自由！」祥生低下頭去，拿起茶几上的咖啡杯。

桌上電話鈴響了，呂娟走過去接電話。三言兩句，她又回到沙發上。

「祥生，我知道你對政治沒興趣。可是，為了救臺灣，為了讓這塊番薯島上的老百姓過自由幸福日子，不打拚行麼？」呂娟點燃了一枝香菸，吸了一口，繼續地說：「楊恩同院長，他在日據時代反日，他留學日本回臺，建立了這座精神病療養院，為臺灣作出貢獻啊。可是，他媽的，哈哈！政府憑啥不准他回臺灣？……他媽的，臺獨分子就沒權利返回自己的家鄉嗎？」

呂娟笑了。

于祥生凝聽她的談話，既感到氣憤，也感到駭怕緊張。半晌，他輕聲勸導說：「你也不必太激動。別忘了你也是一個躁鬱症病人。」

「是呀，我知道。」呂娟吸了兩口菸。「魯迅當年在仙臺醫專，有一天在影片上看見日本軍人綁住一個中國人，那人是俄國的偵探。日本軍人舉起軍刀砍頭示眾，四周看熱鬧的中國人，卻露出麻木的神情。魯迅看了這個畫面，引起他的激烈感情。他認為愚弱的國民，即使體格多麼健壯，也只能作示眾群眾，所以最重要的還是改變他們的精神，魯迅從此以後放棄學醫，提倡文藝。你記得不？這是咱們在湖南藍田，你講給我聽的……」

「那時候，我年輕幼稚……」祥生紅著臉說。

「我覺得放棄學醫，提倡文藝也不能改造人民的精神面貌。」呂娟站立起來，激昂地說下去：「如果魯迅還活著的話，我會當面向他建議：搞文藝是千秋事業，太慢。最能快速地改變同胞精神面貌，應該組織反對黨，為大眾爭取民主自由幸福環境。于祥生，你摸著胸口回答我，你說對不對？」

于祥生站起來，鼓掌。

臨別，呂娟掏出心底的話。當年，如果不是他倆有感情，祥生也不會牽涉成為政治犯，受了苦刑。而今阿惠住在這裡，呂娟一定悉心照顧她，作為報償。于祥生聽了鼻酸。他也掏出心底話。當年，他送給呂娟一本李廣田的長篇小說《引力》，和共產黨八桿子也搭不上關係，卻使呂娟瑯璫入獄，被扣上紅帽子；最可笑的則是《引力》作者李廣田於文革時被冠以反革命罪名，在昆明自殺。當祥生和她握手道別時，他虔誠地朝呂娟鞠了個九十度的躬，嘴裡喃喃地說：「請你保重。」

于祥生沿著院門外的石板路朝海邊漫步。闊別多年，景物依舊，而人事全非，當年他和阿惠穿著拖鞋，啃甘蔗，嚼冰棒，手牽手在這條路上走。那時春華正茂，其樂融融，回憶往事，恍如隔世之感。他做夢也沒想到和他患難相共的妻子卻進了精神病療養院。

過去，有一只順風牌小電扇，便感覺過起資本家的生活。阿惠對待它像戰士對待槍枝一樣，每隔三兩天便把電扇擦拭一番。到了冬天，阿惠用舊布將它裹起來，儲存在衣櫃內。一粥一飯當思來處不易，半絲半縷恆念物力維艱。阿惠沒唸過《朱子治家格言》，卻是一位勤儉持家的新女性，這是臺灣婦女的美德。于祥生每逢想起此事，熱淚盈眶。可是等家境經濟好轉，有了冷氣機洗衣機汽車股票和房子，不僅沒有歡樂反而帶來哀愁。水能載舟亦能覆舟。阿惠為了貪圖高額利息，不惜把房屋抵押貸款，送進投資公司，結果破產。她的精神崩潰，意識不清，從此夜以繼日埋首在酒和嘆息聲裡。她怨天怨地怨開投資公司的魔鬼，她時常叨唸一句話：「錯了！怪我！但是這有啥用呢？」

海面風平浪靜，在濛茫的遠方，隱約地有一艘輪船駛過。于祥生聯想起當年在澎湖看海峽景致，也和太平洋景致差不多。哪兒的黃土不埋人呢？在這兒投海自殺跟在澎湖投海自殺，也同樣能和海龍王相會。他湧出了投海的念頭……

驀然間，他聽到身後有婦女高聲呼喚：

「祥生！你在那兒幹啥？……啊？」

他如同在夢中驚醒一般轉過頭去，發現一個身穿白色T恤、藍色長褲的女人，站在堤岸。定睛看時，原來是阿惠。他拍淨身上的沙粒，迅速地朝堤岸奔去。

「阿惠！」祥生氣喘吁吁抱住她，像熱戀中的情侶。「你跑出來作什麼？」

「我聽說你來看我,那你為啥在這裡呢?」阿惠瞪大了美麗的眼睛。「你跟女人約會嗎?」

祥生鬆開她，笑了。接著，哭了。

「你不要哭。你作錯了事，我不會原諒你。哭也沒有用。」阿惠認真地說。

祥生用衣袖擦乾眼淚，向周圍打量了一眼，晚暮逐漸聚攏而來。海灘寧靜得如一幅油畫，油畫上只有一對中年夫婦站在岸上看海。祥生低聲在她耳邊叮嚀：「你安心在這兒療養，我不會忘掉你。阿惠，海枯石爛，我對你的愛情也不會發生變化……」

「哈哈!」她仰起頭來笑。「你這話好噁心啊。好像我在一本小說上看過。真難聽啊!我決不騙你……」

海潮湧泛上岸，發出嘩啦啦的響聲，淹沒了沙灘，淹沒了兩人的笑聲。祥生牽著阿惠的手，邁下石階，走向柔軟的沙灘。他在一座海豚形狀的巖石旁，坐了下來。

「阿惠，你一個人住在療養院，想家嗎?」祥生摟緊她的腰，握著她柔細的手說。

阿惠搖頭，憨笑。說：「我不喜歡吃藥。我願意做清潔工。我吃了藥就想睡覺……」

「你想不想孩子?」

阿惠低頭玩沙子，搖頭。

「想不想我?」

她抬起頭，睜大了美麗的眼睛，端望祥生，嘴中喃喃地說：「我常想起你唱的那一首歌……啊，不是歌曲，是山東民謠。祥生，你唱一遍我聽行唄？」

祥生明白她的話，清理了一下喉嚨，他唱起來：

一不埋怨天，
二不埋怨地，
只怨咱家命不濟，
生長在這亂世裡。

阿惠高興得像孩子似的撲向祥生懷裡，脫他的汗衫，摸他的黃豆粒般的乳頭。祥生趁勢脫去她的長褲。晚暮濃重，四周無人。精神病患喪失了意識或記憶力，但卻喪失不了食慾和性慾。也許阿惠受到海潮的誘惑，情緒亢奮，翻騰了將近一個小時，不斷地從嘴裡發出呼叫與吶喊。畢竟是八月酷熱的天氣，兩隻泥鰍纏在一起，個個汗流浹背。祥生從頭到尾在唸經：「好，真好，你的病馬上……出院……行，真行，你比過去還……厲害……」等他們辦完了事，擦淨穢物穿上衣服走出沙灘，晚空已現出密密麻麻的繁星。

臨走，于祥生把過去的舊衣服，送洗衣店洗淨，放進旅行包，送給住在「榮民之家」的陸泰南。他叮囑這位曾經和他共過患難的老班長，留得青山在，不愁沒柴燒，若是遇到任何困難，必須馬上通知他，他一定幫助解決。

「依你看，咱們這一輩子還能回到大陸麼？」陸泰南淚眼模糊地問他。

祥生拍著他那寬闊的肩膀。「能，能。不過，你別想那麼遠。即使明天你能回到大陸，誰管你飯吃？嗯？共產黨會開設一座『蔣軍退伍老兵之家』，管吃管住管醫療管埋葬麼？」

「哼，想得美噢。」老陸噗哧笑了！

于祥生說，他到了澎湖就寄花生酥來。老陸說糖尿病愈來愈重，很多食物忌口。老陸還悄悄告訴祥生，他褲襠那玩意兒像餓癟肚皮的小老鼠，再也硬不起來了。祥生揍了他一拳，罵他：「你過去日了那麼多女人，還想日呀！」老陸仰頭哈哈大笑，像舞臺上唱大花臉的演員一樣。

20

夕陽西下，那座伸向大海的鴨嘴崖，煙籠霧鎖，雲蒸霞蔚，讓人看起來不像畫圖，倒像一隻活蹦亂跳昂首叫喚的鴨子。海風波浪般一陣陣吹來，沁人心脾。潮水默默沖擊著沙灘和岩石，發出嘩啦啦地回響。

傍依鴨嘴崖山腳下，過去一片荒蕪，如今也無任何變化。在五十米外羊腸小路旁，矗立一座寂靜的小院，兩間坐北朝南的破舊磚瓦房屋。當年，陸軍三十九師製造冤獄，曾把無辜的山東流亡學生拘捕在此進行審訊拷打。那些病死、自殺的都在暗夜扔到鴨嘴崖下的海峽餵了大海的鯊魚。多少年來，鴨嘴崖背後兩華里的漁村的百姓，都知道這座小院鬧鬼。因此它一直沒人居住。于祥生派到內垵中學作教師，化了兩萬元把它買下來，又用了一萬元將房屋修葺一番。他利用課餘閒暇，在小院種植了花木蔬菜，儼然過起陶淵明式的田園生活。

于祥生隻身住在這鬧鬼的小院裡，引起許多漁民的疑竇。妻子兒女拋在花蓮，他一人在此與鬼同居，這個人實在令人撲朔迷離。不過有些學生誇獎他教學認真，上課不帶課本，卻把所教的文章背得滾瓜爛熟，讓學生聽得津津有味。甚至連最不喜歡國文的學生，也對這門課程產生了濃厚的興趣。

有一個夏夜，從鬧鬼小院傳出一片難懂的歌聲。一位漁民出海回來，路過鴨嘴崖，他親耳聽到那歌聲是于老師唱的。

一不埋怨天，
二不埋怨地，
只怨咱家命不濟，
生長在這亂世裡。

那個漁民捂嘴偷笑，這歌聽起來如哭如訴，難懂難聽，這個人不是怪物是什麼？

于祥生退休以後，原打算養一隻狗作伴，但是自從看到報紙刊出胡凱被狗啃食的悲慘新聞，他便打消了養狗的念頭。報載：「花蓮師院退休教授胡凱，獨居於五權街一棟公寓的四樓。他因心肌梗塞症去世，久未露面。家中養了兩條土狗。不久前，鄰居聞到刺鼻的惡臭，從四樓飄散出來。當地里長會同警員破門而入，兩隻凶狗發瘋似的狂吠。警員捕捉凶狗後，終於在淩亂的床下，發現一顆人頭，頭顱被狗啃得血肉模糊，齒痕斑斑。床上躺著一具胸骨，還蓋了一條棉被，下半身則不知去向。」于祥生看了這則新聞，悲痛至極。當初，于祥生曾勸他不要養狗，因為住在高樓既不方便，也不衛生，而且影響看書寫作。胡凱笑著說：「養狗是一種生活樂趣。狗是最有感情的動物。」于祥生做夢也沒料到胡教授卻被狗吞噬了！他哭了……

當年于祥生買下這座鬧鬼的荒屋小院，確實引起漁村人們的猜疑心理。那時警局派出所曾派出幹員，對他的住屋做過搜查、偵測、調查，並且會同郵檢人員研究于祥生對外交往情況。追蹤三年，結果毫無所獲。

那時，學校人事室范主任也關心他的新居。一日，他去鬧鬼的小院訪問，笑問他為何在此定居？于祥生懇摯地對他說：「我買這個房子，還不是圖便宜，我哪有錢買公寓樓房呢？」那時，阿惠住在花蓮觀海精神病療養院，兩個小孩也在花蓮讀書，于祥生每月把薪水寄到花蓮，他自己過著一簞食一瓢飲顏淵式的清苦日子。他買下這個房子，為的是將來一家人有安身之地。

「兒孫自有兒孫福。孩子前途無量，他們長大不一定住在這裡。」范主任冷笑著說。

「不過，我倒願意在這裡落戶。」他誠懇地說。

「聽說你年輕的時候，曾經在這座小院受過拷問，懷疑你是共產黨，有沒有這回事？」

驀地，人事室范主任提出這個問題，倒讓于祥生尷尬無以作答。半晌，范主任仰望那座矗立的鴨嘴崖，感慨地說：「唉，當年在鴨嘴崖跳海自殺的山東青少年，他們的冤屈向誰申訴？」于祥生保持沉默，他不願意談這種話題。在國共內戰的亂世間，多少人流離失所，多少人骨肉分散，多少人病死異鄉，多少人被誣陷為共諜或國特慘遭殺害，他們的冤屈向誰申訴？誰會為這些冤魂平反討回公道？海瑞在哪兒？包青天在哪兒？于祥生仰望蒼空，默默無語……

海潮嘩啦啦沖擊著岩石和沙灘，海潮也嘩啦啦沖擊著時光和歲月。

學校人事室范主任換了簡主任、孫主任、許主任，每個主任翻開于祥生的資料檔案，煙臺聯中學生共諜嫌疑犯、花蓮監獄政治犯。不看不知道，一看嚇一跳。起初是偵查、考核，繼而感到無奈與同情，最後結交為莫逆知己。甚至管區派出所警員也是如此，起初把于祥生視為毒蛇猛獸，有一次臺北來的內政部長視察西嶼鄉，派出所的警員在于祥生鬧鬼的小院輪番巡邏三晝夜。後來，那些警員才知道他生於孔孟之鄉，他是模範教師、愛民楷模，他是一個懷才不遇倒楣透頂的老芋仔。那年舊曆年關，鄉公所送他臘肉香腸和一簍水果，酬謝他一年來維護鴨嘴崖環境衛生的辛勞。于祥生收下水果，卻把臘味原物送還，他的理由是「吃素」。

海潮嘩啦啦流淌著，沖刷著沙灘，沖刷著時光和歲月……

「他年戲言身後事，今朝皆到眼前來」。劉雲、巫姍兩人在加州奮鬥多年，如今在舊金山經營一家餐館，生意不錯。劉雲早已不寫詩了，不過他寫給于祥生的信，依舊筆觸充滿藝術激情。他在信上提起前煙臺聯中校長張敏之的遺孀王培五師母，日前曾到他的餐館用餐，她已八十開外年紀，步履穩健，身體硬朗，談起澎湖白色恐怖，仍然憤慨不已。劉雲激動地寫著：「何年何月，咱們政府為張敏之校長冤案平反啊！」

住在僻靜的鴨嘴崖山腳下，空氣新鮮，毫無污染，正像胡凱生前所說的，在此定居是解脫也是享受。這些年來，于祥生精神煥發，毫無衰老狀態。但是從阿惠病逝以後，他渡海去了花蓮，親自料理了喪事回來，他確實一天比一天衰老了……他的記憶力開始退化，有時報館匯來了稿費兌款單，他把它壓存在定期存款單中，等一年後再去郵局取款。那年冬天患了肺氣腫病，他呼吸困難，走路上氣不接下氣，時常十天半月說不了一句話。因血液中缺氧，嘴唇呈紫色，像吃過桑椹一樣。

「你不回山東老家探親麼?」

每逢碰見漁民、郵差、警察或過路小販，他常聽到這樣的問話。他咳嗽、氣喘，難以答話，只是搖搖頭或搖搖手，發出微笑。

其實他心裡最厭惡這句話，這句話宛如揭他的瘡疤一樣，使他難受。

雖然西嶼鄉的漁民同情他、可憐他，可是他卻覺得自己非常幸福。他病癒之後，嘴巴特別饞，想吃點啥自己做，遊山看海，隨心所欲，沒有人鄙視他、監視他，也沒有人懷疑他是共產黨政治犯，他生活在空氣新鮮而且可以暢所欲言的環境中。唉唉，可嘆他從肺氣腫病癒，已經沒有力氣講話了……

平心而論：于祥生從十七歲赤手空拳來了澎湖，他在這座番薯形狀的海島上，成家立業，晚年過著登東皋而舒嘯臨清溪而賦詩的陶淵明式的田園生活，他應該算是幸運的。當年那個愛哭的自稱是花蓮人不是棲霞人的于湄，曾當選模範護士，目前她和丈夫都在花蓮醫院服務；那個小時候立志作船員為爸爸買皮袍為媽媽買旁司尼龍絲襪的于清華，現在宜蘭蔬菜改良農場作技術員，他如今已經作了父親了。兒女照片，都掛在于祥生書桌前的牆壁上，縱然他已老眼昏花，卻對妻子兒女的歡樂笑容，栩栩如生映現腦海中。雖然牆壁上沒有呂娟的照片，可是呂娟的音容笑貌，卻長相左右，有時甚至為思念呂娟低聲啜泣……

那年秋天，于祥生去花蓮為阿惠辦理喪事，遇到許多舊日袍澤朋友，每個人的臉上都帶著冷漠的態度。臺灣的經濟起飛，但人們精神面貌卻萎靡不振，讓人失去希望。臨別那晚，他在亞士都旅館和呂娟同進晚餐，兩人喝葡萄酒，談著那甜美而微酸的情話，不覺眼眶的熱淚，潸然涕下。談起昔年在澎湖被拘捕拷打的往事，祥生說：「是我害了你。如果不是那本小說，你會平安的活下來，作了護士。」呂娟搖著頭說：「不，祥生，是我連累了你！真的。

因為那些特務想霸佔我，我不同意，他們老羞成怒，誣賴我是共產黨，把我逮捕。是我拖累你進了監牢，我對不住你。今天晚上，我要向你還債……」呂娟已有醉意，說了酒話。

那夜，這兩個從少年時期相識相愛的男女，在那間幽靜的小套房裡，脫去披在身上的衣服和短褲，擺脫了過去所受的侮辱與迫害，變成兩隻赤裸的返回自然的青蛙。他們在一起摟抱、吮舐、親吻、做愛，說不盡綿綿的情話……在天願作比翼鳥，在地願為連理枝……海枯石爛，此情不變……這兩隻青蛙直到太陽從太平洋海平線升起，已累得精疲力竭，才相扶相擁走進浴室沖淋水浴。那次于祥生渡海返回澎湖，差一點累出病來。

回到鬧鬼的小院，祥生晨澆菜，晚澆花，他過起清靜的田園生活。多少年來，他從未近女色，甚至很少和女人談話。每隔半年光景，祥生像婦女似的打扮一番，走出大門，沿著山坡小徑去郵政代辦所。他帶了身分證、印章、存摺、匯款單，領取退休俸，和千兒八百元稿酬。他還給兒女、陸泰南、佘朗寄錢。郵政代辦所的職員說：「于老師，你別老作聖誕老公公好不好？你給朋友寄錢，朋友怎麼不寄給你錢？」祥生哈哈笑。那個胖糊糊的女職員問：「這個叫佘朗的是男的還是女的？名字怪怪的。像一個歌星。」于祥生咳嗽了一會兒，才慢吞吞地說：「他叫佘朗，他會唱歌，唱得普普通通。」等他走出門外，想起那個蹲在花蓮監獄的政治犯佘朗，不禁哼起了山東民謠，那正是佘朗教給他的。

一不埋怨天，
二不埋怨地，
只怨咱家命不濟，
生長在這亂世裡。

每值春節前，于祥生總是按照傳統習俗，向住在臺北林口的岳父寄賀年卡，有時還寄些澎湖特產表示心意。林春山退役後拿中校退休金，楊恩敏也有教師退休俸，老夫婦清晨爬山跳土風舞，時常參加社會義工活動，每年金秋季節相伴去海外旅行觀光，過著幸福的晚年生活。

當年林春山剛退休時，祥生曾存著一份幻想，期望老人搬到花蓮去住，順便照料精神病患阿惠和兩個稚氣未鑿的孩子。祥生寫信求助於他，他婉拒此事。祥生曾暗自流淚難過。後來阿惠病逝，兩個孩子走出學校參加工作，他和岳父的感情愈加疏遠了。只是到了春節寄一張賀年片，略表敬意而已。

于祥生住在寧靜的鴨嘴崖山坡下，與世無爭，與人無嫌，原是恬適自在，平靜無波，那日無意之間在一張舊報紙上發現呂娟競選縣議員失敗，憤而蹈海自殺的新聞。祥生如聞晴天霹靂，把他嚇得昏了過去……呂娟擔任臺灣民主社會黨東部宣傳部長，熱心黨務，東西奔波，十餘年如一日。她曾三度參加競選縣議員，由於人脈關係薄弱，財力有限，每次競選總落得「竹籃打水——一場空」的下場。這個聰明一世、糊塗一時的女強人，最後卻蹈海自殺，結束了苦痛而潦倒的一生……

這個精神上的打擊，比海峽七級浪還猛烈。于祥生從此埋首於酒和嘆息聲裡。他憶起當年在湖南作流亡學生，月黑風高夜，他和呂娟跪在一座陰暗的土地廟前，喃喃禱告：「不願同年同日生，但願同年同日死。願世世代代作情侶……」少年不識愁滋味，過去回憶此事，面紅耳赤，搗嘴偷笑；如今追憶往事，他卻抱頭大哭了！

海潮嘩啦啦地沖擊著岩石和沙灘……

于祥生沐著月色，走上了鴨嘴崖。海峽的水呈墨綠色，偶爾翻湧出蛤蠣似的浪花。海風沙沙吹過，他覺得有點涼意。他揚起了雙臂，宛如一隻振翅欲飛的蒼鷹，縱身躍向大海……

三民叢刊書目

①邁向已開發國家　孫　震著
②經濟發展啟示錄　于宗先著
③中國文學講話　王更生著
④紅樓夢新解　潘重規著
⑤紅樓夢新辨　潘重規著
⑥自由與權威　周陽山著
⑦勇往直前
　·傳播經營札記　石永貴著
⑧細微的一炷香　劉紹銘著
⑨文與情　琦　君著
⑩在我們的時代　周志文著
⑪中央社的故事（上）
　·民國二十一年至六十一年　周培敬著
⑫中央社的故事（下）
　·民國二十一年至六十一年　周培敬著
⑬梭羅與中國　陳長房著
⑭時代邊緣之聲　龔鵬程著
⑮紅學六十年　潘重規著
⑯解咒與立法　勞思光著
⑰對不起，借過一下　水　晶著
⑱解體分裂的年代　楊　渡著
⑲德國在那裏？（政治、經濟）
　·聯邦德國四十年　郭恆鈺
　　　　　　　　　許琳菲等著
⑳德國在那裏？（文化、統一）
　·聯邦德國四十年　郭恆鈺
　　　　　　　　　許琳菲等著
㉑浮生九四
　·雪林回憶錄　蘇雪林著
㉒海天集　莊信正著
㉓日本式心靈
　·文化與社會散論　李永熾著
㉔臺灣文學風貌　李瑞騰著
㉕干儛集　黃翰荻著

㉖作家與作品　謝冰瑩 著
㉗冰瑩書信　謝冰瑩 著
㉘冰瑩遊記　謝冰瑩 著
㉙冰瑩憶往　謝冰瑩 著
㉚冰瑩懷舊　謝冰瑩 著
㉛與世界文壇對話　鄭樹森 著
㉜捉狂下的興嘆　南方朔 著
㉝猶記風吹水上鱗　余英時 著
　·錢穆與現代中國學術
㉞形象與言語　李明明 著
　·西方現代藝術評論文集
㉟紅學論集　潘重規 著
㊱憂鬱與狂熱　孫瑋芒 著
㊲黃昏過客　沙　究 著
㊳帶詩蹺課去　徐望雲 著
㊴走出銅像國　龔鵬程 著
㊵伴我半世紀的那把琴　鄧昌國 著
㊶深層思考與思考深層　劉必榮 著
　·轉型期國際政治的觀察
㊷瞬　間　周志文 著
㊸兩岸迷宮遊戲　楊　渡 著
㊹德國問題與歐洲秩序　彭滂沱 著
㊺文學關懷　李瑞騰 著
㊻未能忘情　劉紹銘 著
㊼發展路上艱難多　孫　震 著
㊽胡適叢論　周質平 著
㊾水與水神　王孝廉 著
　·中國的民俗與人文
㊿由英雄的人到人的泯滅　金恆杰 著
　·法國當代文學論集
51重商主義的窘境　賴建誠 著
52中國文化與現代變遷　余英時 著
53橡溪雜拾　思　果 著
54統一後的德國　郭恆鈺主編
55愛廬談文學　黃永武 著
56南十字星座　呂大明 著
57重疊的足跡　韓　秀 著
58書鄉長短調　黃碧端 著
59愛情·仇恨·政治　朱立民 著
　·漢姆雷特專論及其他

⑥⓪蝴蝶球傳奇　顏匯增著
・真實與虛構

⑥①文化啓示錄　南方朔著

⑥②日本這個國家　章　陸著

⑥③在沉寂與鼎沸之間　黃碧端著

⑥④民主與兩岸動向　余英時著

⑥⑤靈魂的按摩　劉紹銘著

⑥⑥迎向眾聲　向　陽著
・八〇年代臺灣文化情境觀察

⑥⑦蛻變中的臺灣經濟　于宗先著

⑥⑧從現代到當代　鄭樹森著

⑥⑨嚴肅的遊戲　楊錦郁著
・當代文藝訪談錄

⑦⓪甜鹹酸梅　向　明著

⑦①楓　香　黃國彬著

⑦②日本深層　齊　濤著

⑦③美麗的負荷　封德屏著

⑦④現代文明的隱者　周陽山著

⑦⑤煙火與噴泉　白　靈著

⑦⑥七十浮跡　項退結著
・生活體驗與思考

⑦⑦永恆的彩虹　小　民著

⑦⑧情繫一環　梁錫華著

⑦⑨遠山一抹　思　果著

⑧⓪尋找希望的星空　呂大明著

⑧①領養一株雲杉　黃文範著

⑧②浮世情懷　劉安諾著

⑧③天涯長青　趙淑俠著

⑧④文學札記　黃國彬著

⑧⑤訪草（第一卷）　陳冠學著

⑧⑥藍色的斷想　陳冠學著
・孤獨者隨想錄
A・B・C全卷

⑧⑦追不回的永恆　彭　歌著

⑧⑧紫水晶戒指　小　民著

⑧⑨心路的嬉逐　劉延湘著

⑨⓪情書外一章　韓　秀著

⑨①情到深處　簡　宛著

⑨②父女對話　陳冠學著

131 生肖與童年　小　民著　喜　樂圖
132 京都一年　林文月著
133 山水與古典　林文月著
134 冬天黃昏的風笛　呂大明著
135 心靈的花朵　戚宜君著
136 親　戚　韓　秀著
137 清詞選講　葉嘉瑩著
138 迦陵談詞　葉嘉瑩著
139 神樹　鄭　義著
140 琦君說童年　琦　君著
141 域外知音　張堂錡著
142 遠方的戰爭　鄭寶娟著
143 留著記憶・留著光　陳其茂著
144 滾滾遼河　紀　剛著
145 王禎和的小說世界　高全之著
146 永恆與現在　劉述先著
147 東方・西方　夏小舟著
148 嗚咽海　程明琤著
149 沙發椅的聯想　梅　新著
150 資訊爆炸的落塵　徐佳士著
151 沙漠裡的狼　白　樺著
152 風信子女郎　虹　影著
153 塵沙掠影　馬　遜著
154 飄泊的雲　莊　因著

⑮ 和泉式部日記

林文月 譯・圖

本書為日本平安時代文學作品中與《源氏物語》、《枕草子》鼎足而立的不朽之作。書中以簡淨的日記形式，記錄了一段不為俗世所容的戀情。優美的文字，纏綿的情詩，展現出愛情生活中細膩的起伏感受與歡愁，穿越時空，緊扣你我心弦。

⑯ 愛的美麗與哀愁

夏小舟 著

愛情之於女人，常常是引誘飛蛾撲火的明燈，是絢麗的毒花，可女人偏偏渴望愛情。作者列舉許多男女的愛情、婚姻故事，郎才女貌未必幸福，摯情摯愛未必有緣，只是男人與女人之間如同萬物的規則，一物降一物，鹵水點豆腐，魔高一尺，道高一丈。

⑰ 黑 月

樊小玉 著

丁小玎隨著所在的中國公司到國外做勞務承包。因為是公司的英語翻譯，加上辦事勤快，見了人又總是一個柔柔和和的笑，於是很快就引起當地大部分男人的注意；而小玎能否在心儀的外交人員與愛慕自己的餐廳老闆間找到最後情感的歸宿？……

⑱ 流香溪

季 仲 著

作者透過一群「沿江吉普賽人」在流香溪畔發生的動人故事，牽引出現代觀念與傳統文化的價值矛盾、中日文化的碰撞衝突、人與自然的挑戰，以及善與惡的拉扯等；全書行文時而如行雲流水，時而又如波濤洶湧，讀來意趣盎然，發人深省。

⑮⑨ 史記評賞

賴漢屏 著

司馬遷《史記》一三〇篇，既是「究天人之際，通古今之變」的史學鉅著，也是我國古代傳記文學的精華。本書作者自幼即喜讀《史記》，從師學習，如今蘊藉已深，以其深厚的治學基礎，發為見解獨具的文采丰華，帶領讀者一探《史記》博雅的世界。

⑯⓪ 文學靈魂的閱讀

張堂錡 著

文學的力量使孤寂的心靈得到慰藉，貧乏的人生變得富有，唯有肯駐足品味的人才能透晰其所傳達出最深藏的祕密。本書共分三輯，窺視文學蘊含的殷情深意；感受其求新求變以及對大環境的價值。各自激發不盡的聯想與深沈的感動。

⑯① 抒情時代

鄭寶娟 著

在平淡無奇的生活中，你可曾留意生命中點點滴滴不平凡的小故事？作者以其平實的筆觸，刻劃出看似平凡卻令人難以遺忘的人生軌跡，你我都可能身在其中。書中情節所到之處，或許平凡、或許悲傷，但卻也不時充滿著生命的躍動，值得細細體會。

⑯② 九十九朵曇花

何修仁 著

人生有多少夢境會在現實中重複出現？是山間的樵歌？白雲間的群雁？還是昔日遠方純樸、悠閒的鄉間漫步？作者來自屏東，以濃郁深摯的筆調，縷縷細述人生中最動人的記憶，伴隨你我，步履於南臺灣的舊日情懷，一同感受人間最純摯的情感。

⑯③ 說故事的人

彭歌 著

這是作者多年來觀察文壇、社會與新聞界的肺腑之言。輯一故事與小說自不同角度探討小說寫作；輯二人與文刻劃出許多已逝人物卓然不凡的風範；輯三海外生涯則寫遊記、觀賞職籃等旅居海外之觀感。讀了此書，彷彿親身經歷了一趟時空之旅。

⑯④ 日本原形

齊濤 著

從明治維新以來，日本的一舉一動都對世界有著深遠的影響，尤其對臺灣來說，其影響更是巨大。作者長期旅日，摒除坊間「媚日」或「仇日」的論調，以客觀的描述，剖析日本的現形。對想要了解日本時勢與脈動的人來說，是不得不看的一本好書。

⑯⑤ 從張愛玲到林懷民

高全之 著

作者以嚴謹誠虔的態度，客觀分析的筆調，來評論臺灣當代小說，深深讓讀者了解近代文學的特點，進而深入九位作者的作品中，提供一些深刻的創見，帶領你我欣賞文學的美與實，進而體驗文學對生命喜悅、悲哀等生動的描述。

⑯⑥ 莎士比亞識字不多？

陳冠學 著

莎士比亞識字不多！一直以來被誤認是個偉大的作者。讀過本書，應能還莎士比亞一個清白，他絕對不是一個掠美者。這把聖火在臺灣重新點燃，希望將來這聖火能夠由臺灣再度傳回英國，傳到世界各地，也好讓莎士比亞的靈魂得到真正的安息。

⑯⑦ 情思・情絲

龔華 著

「妳，像野薑花；清香，混合在黎明裏，催我甦醒。沒有妳，我睜不開眼睛，走進陽光的世界。她，是我在黃昏裏，永遠踩不到的影子。像夜來香，惑我走進黑夜的濃郁……」本書集結了龔華在〈中副〉發表的散文，篇篇情意真摯，意境深遠，值得細細品味。

⑯⑧ 說吧，房間

林白 著

一個是離婚、失業的中年婦女，一個是愛熱鬧的單身貴族。兩個背景、個性迥然不同的女子，為何會發展出一段患難與共的交情？且看兩個女子的心情告白。本書在作者犀利細膩的筆調下，深刻描繪出都會女子的愛恨情仇、悲歡離合，值得細細品味。

⑯⑨ 自由鳥

鄭義 著

六四事件的悲憤情緒才剛平復，對八九民運功過的批判聲音竟已隨之響起。對此，大陸流亡作家鄭義，以一幕幕民運歷程與鐵幕紀實，申訴著他的心痛與不平。文中流露對同胞的關懷和自由的嚮往，深深地牽引著每一個中國人心中的沈痛與感動。

⑰⓪ 魚川讀詩

梅新 著

詩是抒情的天堂，但並非每個人都能領會其中的意涵。本書是梅新先生的遺作，首創以雜文式的筆調評論詩作，不依恃理論，反而使篇章更形活潑，有就事論事的評述，也有尖銳的諷喻，語帶機鋒，趣味盎然。引領您一窺知性與感性的詩情世界。

⑰ 好詩共欣賞

葉嘉瑩 著

本書作者葉嘉瑩教授，融會西方接受美學、符號學及中國詩論，來解讀陶淵明、杜甫、李商隱的作品，分析了三人作品的形象、情意和其中所含的隱微深意，並從興發感動讀者的角度來詮釋作品的成功與否，是喜愛古典詩的讀者不可錯過的好書。

⑰ 永不磨滅的愛

楊秋生 著

現代人的生活壓力大，使得人生危機四伏，生活充滿徬徨、疲倦和無力感。如何化解此一危機？作者以多年學佛的體驗，以及和家人朋友互動的點點滴滴，而了解到愛的真義，並希望能將愛分享給每個人，以重燃信心和希望。

⑰ 晴空星月

馬遜 著

大崙山上，晴空萬里，夜色如銀，星月交輝。作者因佛緣，追隨曉雲法師的步履，出掌華梵大學，以發揚佛教教育為己任。本書除叮嚀青年學子的話語外，還有對社會大眾闡發佛法精神的演講。其智慧的話語，如醍醐灌頂，為淨化心靈的一帖良方。

⑰ 風 景

韓秀 著

韓秀，一個出生於紐約，卻長年往返於世界各地的奇女子。在雅典、在開羅、在布達佩斯、在臺北、在高雄、在北京，作者皆能以其敏銳的心觀察她所造訪過的每一寸土地，以其向具纖細的筆觸，使一幅又一幅的動人「風景」躍然出現在您的面前！

⑰5 談歷史　話教學

張　元　著

作者以二位高一新生對歷史課程的困惑為引子，藉著師生座談對話的方式，從北京人時代到西晉，針對高中歷史教材，試圖以「史料閱讀」的方法鮮明地建構各代的歷史圖像，在活潑的對白間既談歷史意涵又話歷史教學，相當適合高中教學的參考。

⑰6 兩極紀實

位夢華　著

任何人想要親臨兩極之地恐怕都不是件容易的事。作者因從事研究工作之便，足跡跨越兩極，將在極地所見所聞之動物奇觀、自然景致乃至當地所受文明衝擊，或以幽默輕鬆，或以深沈關懷的筆調娓娓道來，是無緣親至極地的讀者絕不可錯過的佳作。

⑰7 遙遠的歌

夏小舟　著

世上只有兩種人，男人和女人。然而男女之間的恩愛情仇，卻糾葛難解。本書作者以一篇篇幽默的短篇故事，道盡世間男女的愛恨嗔痴。在她細膩委婉的筆下，愛情的本質和婚姻的面貌都一一呈現，必可帶給你前所未有的感受與體悟。

⑰8 時間的通道

簡　宛　著

「人生，是一條時間的通道，每一個人所走的方向和目標雖然不一樣，但是經過的路程卻是相似的……」當人們沈溺於歲月不待人的迷茫和感嘆時，作者平實的筆調將帶著我們對生活多用一點心思和一點執著，會使我們的「通道」裏，留下一點痕跡。

⑰⑨ 燃燒的眼睛

簡宛 著

作者以自身多年來在美國的異域生活為背景，輔之敏銳的觀察力、豐富的情感、濃郁深摯的筆調，從而幻化出一篇篇感人肺腑的故事。尤其對於旅居海外異鄉遊子們的心境描寫更是深刻動人，是一本值得再三玩味的小說。

⑱⓪ 月兒彎彎照美洲

李靜平 著

沒來美國時還不知那生活啥款；來了才知樣——啊！真夭壽！ 來到美國，是穿梭在黑白紅黃人群間；或在房裡看華語電視？是在壁爐邊吃耶誕大餐；還是窩伴著一桌熱火鍋？在忙碌的陽光下，可想起夜空裡一彎新月？月兒彎彎，訴說的又是誰的故事？

⑱① 愛廬談諺詩

黃永武 著

諺詩，是指用諺語聯成的詩，由於聯接巧妙加上意外組合，因此往往會有不可料想的妙趣出脫。如捉豬上板櫈，走馬看天花；成人不自在，做鬼也風流，等等。本書將帶你悠遊中國式幽默，探索諺語的源頭，喜愛好書的你，可千萬不能錯過！

⑱② 劉真傳

黃守誠 著

劉真，一位自四十年代開始影響國內教育最鉅的教育家。本書自劉真先生家學淵源寫起，隨著時間軌跡，記錄了他如何在風雨飄搖的年代裡為教育此類百年大業做出努力；因此雖然本書為劉真先生個人傳記，卻同時也是了解現今教育體制的最佳參照。

⑱天涯縱橫

位夢華 著

以兩極生態氣候的研究為基礎，作者建構了此書的論理與想像世界。內容從極地景致、開拓艱辛及天文物理觀念，引申至有關宇宙天人及環保的許多想法，包容科學與文學，兼具知性與感性。讓您在詼諧而深切的筆調中，激發對地球的關懷與熱愛。

⑱新詩論

許世旭 著

中國詩歌，無論新舊，是一座甘泉，若不掬飲，口渴神焦，……。作者係韓國人士，長年沈浸在中國文學之中，對於在中國新詩的源起及兩岸新詩風格的異同，均有獨到而精闢的見解。是讀者拓寬視野，更深入了解中國新詩之發展所必備的好書。

⑱天譴

張放 著

「一不埋怨天，二不埋怨地，只是咱家命不濟，生長在這亂世裡。」于祥生，一位山東流亡學生，民國三十八年隨政府搭乘濟和輪來到澎湖，卻萬萬沒料到會遭逢一場史無前例的政治騙局，他的人生、情愛就在這時代悲劇與宿命的安排下，無奈地上演。

⑱綠野仙蹤與中國

賴建誠 著

一本融和理性與感性的著作，以經濟分析的專業素養，將關懷的筆觸，延著供需曲線帶進閱讀的天空。那一篇篇翔實的數據，是驗證生活的另一種形式；那一篇篇雋詠的小品，則是理性思維的靠墊。不管你來自士農工商，本書都能提供一場知性洗禮。

⑱⑺ 標題飆題

馬西屏 著

一個出色的報紙標題不僅要精簡準確地傳達新聞訊息，更要能表現文字的優美和趣味，這可是一門藝術。近年來報紙解禁，各種充滿巧思創意的標題紛紛跳上版面，等著要攫取你的注意。小心！一場報刊標題的革命正在編輯枱上悄悄進行……

⑱⑻ 詩與情

黃永武 著

詩以情為主，作者長期浸淫於古典情詩，擷採珠玉，編綴出男女的愛情、家人的親情、入世的世情與出世的忘情種種世態人情。文中所引，首首如新摘茶筍，簇新可喜，且解說精要，切緊詩旨，能帶給您全新的視野與怡然的感受。

⑱⑼ 鹿　夢

康正果 著

從大陸西安到新大陸東岸的小鎮，不同的國度有著不同的風土民情，但在作者細膩的心思與敏銳的觀察力之下，它們之間起了微妙的關聯。長期旅居海外的作者，將他生活中的點點滴滴，轉化成一篇篇清雅的散文精品，將讓您領會閱讀的雋永與甘美。

國家圖書館出版品預行編目資料

天譴／張放著. -- 初版. -- 臺北市：
三民，民87
面；　公分. --(三民叢刊；185)
ISBN 957-14-2879-5（平裝）

857.7　　87005757

網際網路位址　http://www.sanmin.com.tw

著作人　張　放
發行人　劉振强
著作財產權人　三民書局股份有限公司
臺北市復興北路三八六號
發行所　三民書局股份有限公司
地　址／臺北市復興北路三八六號
電　話／二五〇〇六六〇〇
郵　撥／〇〇〇九九九八——五號
印刷所　三民書局股份有限公司
門市部　復北店／臺北市復興北路三八六號
重南店／臺北市重慶南路一段六十一號
初　版　中華民國八十七年九月
編　號　S 85431
基本定價　叁元貳角
行政院新聞局登記證局版臺業字第〇二〇〇號

ISBN 957-14-2879-5（平裝）